어느 날,
하우스 메이트가
비건이 되었다

어느 날, 하우스 메이트가 비건이 되었다

논비건의
비건 관찰기

이박 에세이

우리 주변 천만 채식인과 그들의 식구 이야기

txt.kcal

차례

1부

비건과 논비건,
함께 살아 보겠습니다

하우스 메이트가 우주에서 온
신호 받고 비건 된 SSUI

"나, 비건* 하기로 했어."

15년 지기 친구 도고가 느닷없이 비건을 선언한 날. 그날은 우리가 2년 월세 계약 벽돌집에 같이 산 지 4개월 되는 날이었다. 울산에서 있었던 조카 돌잔치에 다녀오느라 겨우 하루 외박을 했는데, 그사이 하우스 메이트는 비건이 되어 있었다.

* 채식 단계(p.48 참조) 중 한 종류. 고기를 비롯해 유제품, 달걀, 심지어는 동물 착취가 들어간 꿀과 오징어 먹물도 먹지 않아 여러 단계의 채식 중에서도 가장 난도가 높다.

내 주변에는 채식주의자가 없었다. 도고가 채식주의 선언을 하기 전까지는.

그래서 난 물었다.

"왜?"

비건을 결심할 이유야 많겠지. 하지만 바로 엊그제까지 나와 함께 집에서 고기를 먹던 하우스 메이트가 고작 하룻밤 집을 비운 사이에 비건이 되었는데 묻지 않을 수가 없었다. 벽돌집 입주 첫날 우리 어머니가 보내 주신 소고기를 구워 먹으면서도, 새로 생긴 곱창집 메뉴를 같이 읽을 때도, 늦은 밤 치킨을 시켜 먹을 때도. 나는 도고가 채식주의자가 될 거라고 생각해 본 적이 없었다. 동물권? 환경? 건강? 어떤 이유에서건 말릴 생각은 없었지만. 그런데 도고는 내게 되물었다.

"미디어 커리큘럼*이라고 알아?"

* 'M.C'(Media Curriculum, 매체 커리큘럼)

도고의 설명에 따르면 미디어 커리큘럼이란, 온 우주가 나한테 메시지를 보낸다는 이론이다. 나 스스로를 좋은 쪽으로 움직이게 하는, 우주가 주는 조언이라고나 할까? 내가 이해한 바에 따르면, 미디어 커리큘럼은 딱 미국 드라마 「크레이지 엑스 걸프렌드」의 1화 내용이었다.

명문대 로스쿨을 졸업하고 뉴욕 최고 로펌의 파트너 변호사가 될 기회를 잡았음에도 행복하지 않은 레베카. 자꾸 '행복'이라는 글자가 눈에 밟힌다. 텔레비전 광고에서도, 회사 옆 건물 전면 플래카드에서도, 신문 가판대에서도. 그런 레베카 앞에 우연히 중학교 때 두 달 만났던 전남친 조쉬가 나타난다.

'맞아! 조쉬랑 사귀던 그 두 달이 내 인생에서 가장 행복했어! 그러니까 내가 지금 행복할 수 있는 방법은 조쉬랑 다시 사귀는 것. 그런데 조쉬가 고향인 캘리포니아로 돌아간다고? 그럼 나도 캘리포니아로 가야 해!'

그렇게 레베카는 뉴욕에서의 커리어를 버리고 캘리포니아로 간다. 조쉬와 다시 사귀고 행복을 찾기 위해.

레베카는 우주에서 '행복'이라는 메세지를 받고, '행복'하기 위해 자신만의 방법을 찾아 실천한 거다. 미디어 커리큘럼의 아주 좋은 예시라는 말씀. 스포일러는 할 수 없지만, 결론적으로 레베카는 캘리포니아에서 행복을 찾는다. 그러나 슬프게도 레베카가 행복을 찾은 곳은 드라마 속이었고, 도고와 내가 이 이야기를 나눈 곳은 현실의 벽돌집이었다.

우주가 내 미래에 대한 메시지를 보내 준다는 말은, 다분히 종교적이고 유사 과학스러우며 사이비 냄새가 났다. 물론 듣기에 따라서는 동기 부여를 위한 좋은 이론이 될 수 있겠지만, 문제는 도고에게 있었다.

도고는 낯선 이를 향한 경계심이 0에 수렴하는 사람이다. 공부하다가 친해진 사람이 사이비인 줄도 모르고 집회까지 따라간 전적도 있다. 귀도 얇아 '너 큰일 날 뻔했잖아!' 할 만한 에피소드도 많다. 그런 애 입에서 미디어 커리큘럼이 나왔으니, 그 출처를 묻는 건 당연했다.

"미디어 커리큘럼? 그걸 어디서 배웠는데?"

"그냥 책에서 읽었어."

"그 책은 어디서 난 건데?"

"그냥 사 봤어."

"책은 어떤 책인데?"

"그냥 비건 책이야."

도고의 대답에 '그냥'이 많아지니 불안했다. 얘가 어디서 처음 만난 사람한테 이상한 이야기를 들은 게 아닌지, 그 논리에 설득당해서 갑자기 비건을 시작한다는 게 아닌지. 도고의 부연 설명은 더 이상했다.

"그 책을 읽고 미디어 커리큘럼에 대해서 생각해 봤거든. 우주가 나한테 보낸 메시지가 뭘까 싶어서. 그런데 나도 메시지를 받았더라고! 비건이 되라고 말이야."

우주의 계시로 비건을 시작한 사람도 있다는 얘기는 처음 들었다. 몇 번이나 도고한테 '이번'에는 사이비가 아닌지, 이상한 책은 아닌지 되물었다. 도고는 나를 거듭 안심시키면서 말했다. 유명한 책에서 읽은 거라고.

"유명한 책은 많아! 유명한 책 말고, 멀쩡한 책이냐고!"

나는 울부짖었다. 마침 도고가 철학 독서 모임을 시작한 탓에 나는 한동안 그 모임의 순수성을 의심해야 했다. 모임원 중에 이상한 사람은 없는지, 거기서 읽는 책 중에 이상한 책은 없는지!

다행스럽게도 도고의 철학 독서 모임은 같은 일을 하는 사람들끼리 만든 친목 모임이었고, 선택한 책들도 말짱했다. 하지만 도고가 '그 책'을 나한테 보여 주기 전까지 계속 신경 쓰이는 건 어쩔 수 없었다. 그 책에서 말하는 '우주적 메시지'는 대체 뭐란 말인가!

결과적으로, 도고가 읽은 책은 정말 말짱한 책이었다. 바로 많은 이가 비건 입문서로 손꼽는 《아무튼 비건》. 책에서는 당연하게도 도고의 말보다 더 자세하고 이해하기 쉽게 '미디어 커리큘럼'을 설명한다. 우리가 사는 세상에는 다양한 매체가 있는데, 이 매체에서 우리는 반복해서 들리는 메시지를 찾게 된다. 우연인지 스스로가 무의식적으로 찾는지는 알 수 없지만, 이렇게 어른거리는 신호를 따라가다 보면 내 인생에서 정말 필요한 것, 혹은 내가 바라던 지혜를 얻을 수 있다는 내용이었다.

저자가 설명하는 미디어 커리큘럼은 추상적이기는 해도 나 또한 이해할 수 있는 내용이었다. 스스로 의식적으로든 무의식적으로든 신경을 쓰고 있다면 눈에 밟히는 뭔가가 있을 테니까. 저자는 그렇게 동물권에 관심을 가지게 되었고, 그 움직임이 비건으로 이어졌다고 자신의 경험을 풀었다. 이해가 쏙쏙 되는 비건 계기였다. 도고의 설명이랑은 전혀 다르게!

혹시나 싶어서 책을 읽어 봤지만, 다행히 책에 이상한 메시지는 없었다. 조금 놀라운 점은 미디어 커리큘럼이 언급되는 건 책 초반 두세 페이지뿐이라는 사실 정도?

속은 후련해졌지만, 어딘가 좀 찜찜한 것도 사실이었다. 아니, 진작 이렇게 말해 줬으면, 적어도 그 책을 나한테 빨리 보여 줬으면 삽질은 안 했지! 도고한테 찡찡거려 봤자 속없는 도고는 히히 웃고 만다. 그래, 니가 비건이 좋다니 나도 좋다, 야. 근데 넌 무슨 결심이 서면 꼭 계기는 글로 정리해서 가지고 다녀야겠다.

이렇게 나를 괴롭히던 도고 사이비 설은 일단락됐다.

채식주의자 하우스 메이트를 받아들이는 5단계

도고의 신변에 대한 걱정이 끝난 뒤에야 '비건'이라는 말을 곱씹을 수 있었다. 일단 나랑 같이 사는 사람이 사이비나 다단계가 아니라니, 그것만으로도 안심이었다. 하지만 그 이후로 도고가 비건이 되었다는 게 어떤 의미인지 온전히 받아들이는 데 무려 다섯 단계의 생각이 필요했다.

첫 번째, 의심. "너 비건 한다고? 지난주에도 나랑 고기 먹지 않았어?"

우선은 의심했다. 내가 아는 '비건'은 채식주의 용어

였으니까. 어제 집을 떠나기 직전까지도 도고는 잡식 인간이었다. 아직 우리 집 냉장고에는 우유와 치즈가 있었고, 생활비를 아껴서 곱창을 먹으러 가자고 했던 약속은 한 번도 이행되지 않은 상태였다. 같이 밤샘을 하다가 치킨이나 피자 같은 야식을 시켜 먹는 재미가 있었는데…. 그걸 다 포기하고 비건을 하겠다고? 그 어려운 걸?

이것도 안 먹어? 저것도 안 먹을 거야? 꼬치꼬치 묻는 말에 도고는 연신 고개를 끄덕였다. 안 먹으려고! 그 단호한 끄덕임은 나까지 끄덕이게 만들었다.

두 번째, 축하. "오, 축하해. 대단하네!"

그래서 축하를 건넸다. 비건이 되는 게 성년이 되거나 대학생 혹은 사회인이 되는 것처럼 축하할 만한 일인지는 모르겠지만, 일단 축하한다고 했다. 그게 무엇이든지 간에 뭔가를 하겠다고 스스로 다짐한 거니까. 게다가 평생 고기 빠진 식탁을 받으면 얼마나 힘들까, 하는 데까지 생각이 닿자 그 다짐이 더 더 대단해 보였다.

사실, 막 1박 2일 여정을 끝내고 집에 와 피곤한 상태에서 나온 기계적 반응이었다. 너 비건 한다고? 알았어,

축하해. 그럼 이제 나 좀 들어가서 잘게.

세 번째, 확인. "비건이라고? 그러면 달걀이랑 우유도 안 먹는 건가?"

그런데 문득, 입 밖으로 축하가 번개처럼 나가고 나서야 뒤늦게 머릿속에 천둥이 쳤다.

'비건? 그런데 비건이면 뭘 안 먹지?'

비건이 여러 채식 단계 중 가장 엄격한 단계라는 건 알고 있었지만, 얼마나 많은 걸 안 먹는지는 정확히 몰랐다. 여기까지는 호기심이었다. 단순히 도고가 어떤 걸 안 먹기로 결심했는지 묻는 정도?

그런데 생각할수록 충격이었다. 단순하게 고기를 안 먹는다, 이 정도는 반찬 하나 포기하는 정도로 받아들일 수 있었다. 하지만 우유와 달걀까지 빠지니까 내 지식 선상에서 먹을 수 있는 음식이 어마어마하게 빠졌다. 달걀과 우유로 만드는 건 다 못 먹는다고? 아이스크림도? 푸딩도? 빵도? 도고랑 같이 살면서 생활비로 밥 대신 군것질을 하는 데 재미를 붙이고 있던 나한테는 아쉬운 소식이었다.

그럼 이제 나 혼자 먹어야 하는 건가. 그제야 현실적인 생각이 머리를 스쳤다.

네 번째, 혼란. "잠깐! 너 나랑 생활비 같이 쓰잖아!"

사이좋게 월세와 보증금을 반반 나눠 들어온 벽돌집. 우리는 생활비도 공동으로 모아 썼다. 인당 15만 원씩 모인 30만 원 생활비는 우리의 전기세, 가스비, 수도세와 생활용품, 그리고 장바구니를 채우는 식비가 되었다.

"오늘 저녁 시킨 거 생활비로 내자!"

간간이 한 달 생활비가 남으면 나가기 귀찮은 주말 배달 음식을 시켜 먹기도 했다. 그런데 이제는 그럴 수가 없게 되었다. 도고의 채식주의자 선언 때문에.

도고와 나의 커다란 식단 교집합이 그날 부로 사라져버리고 말았다. 한 사람이 안 먹는 식자재에 공동 생활비를 쓰는 건 불공평했다.(이건 허락된 음식 베리에이션이 도고보다 넓은 내 생각이었다.) 그렇다고 둘 다 먹을 수 있는 시금치, 고사리나물 같은 푸성귀로 장바구니를 채우자니 편식이 심한 내가 절대 반대였다. 같이 먹지 않는 음식은 각자의 돈으로 사야 맞는 거 아닌가 싶었다. 다만 그건 한 달 뒤 첫 회사에 다니며 경제적 독립을 해야 하는 나에게는 작은 일이 아니었다.

다섯 번째, 합의. "그래. 어차피 나는 앞으로 밖에서 먹고 다닐 테니까."

이러나저러나 우리에게 남은 결론은 합의뿐이었다. 우리는 같이 사는 사이니까! 그리고 비건은 좋으면 좋았지 나쁜 게 아니었으니까. 중간 단계 없이 바로 비건을 시작하겠다는 도고의 건강이 살짝 걱정되기는 했지만, 다 큰 성인이 결정한 일인데 내가 왈가왈부할 것도 아니라는 생각이 들었다. 성인이 자기 먹을 거 자기가 결정한다는 건 너무 당연한 일이다.

또, 나는 다음 달부터 회사를 나가니까 밖에서 점심을 먹고 들어올 수 있었다. 회사 사람들이랑은 평범하게 식사를 하고, 집에 돌아와서는 한 끼 정도 함께 채식을 해도 괜찮을 것 같았다.

그래서 우리는 공용 공간 깨끗하게 쓰기, 설거지 제때 제때 하기 같은 동거 규칙에 식비 항목을 추가해야 했다.

다행스럽게도 집에서 고기를 먹지 않는 건 쉬웠다. 우리의 오래된 벽돌집 거실과 주방 벽은 나무로 되어 있어서 원래부터 냄새가 배는 음식은 출입 금지였다. 입주날 먹은 소고기를 제외하고는 집에서 육고기나 생선을 먹은 적이 없었다. 그 부분은 평소와 같았다.

서로가 먹지 않는 식자재에 대한 합의도 금방 이뤄졌다. 도고는 작은 사이즈의 우유나 달걀을 사라고 했다. 혼자 먹을 만큼의 우유나 달걀은 '나 이거 살게!' 하고 공동 생활비로 사게 되었다. 도고도 내가 싫어하는 채소(시금치, 고사리, 호박!)를 살 때는 '나 이거 살게!' 하고 장바구니에 담았다. 나름 쌤쌤이었다.

비록 친구랑 같이 살면 누릴 수 있는 가장 큰 기쁨, 같이 맛있는 것 먹으러 다니기가 무너질 위기였지만 도고는 다양한 비건 음식점을 찾아왔다. 우리는 같이 카페에 가고 음식점을 다녔듯 비건 베이커리와 비건 음식점을 찾아다니기로 했다. 재료가 어떻든 몰랐던 맛을 발견하는 건 즐거운 일이니까.

그리고 우리가 합의할 가장 중요한 게 남아 있었다.

"혹시라도 서로한테 본인 식습관을 강요하지는 말자."

인터넷을 떠도는 비건에 대한 말, 말, 말. 채식주의를 두고 다양한 이론과 논쟁이 타오르는 이유는 채식주의가 단순한 식단 변화가 아니기 때문이다. 내가 아는 채식주의는 하나의 운동이자 신념이고 지지였다. 그 움직임이 좋은 쪽을 향한 것이라 해도, 과정에 있어 강요와 강제는 없어야 한다는 게 이박과 도고의 생각이다. 도고와 나는 주와 식이라는 삶의 큰 부분을 공유하고 있는 만큼 서로의 변화에 영향을 크게 주고받을 수밖에 없었다.

나의 경우는 이랬다. 삶의 큰 기쁨을 차지하는 것이 음식이었고, 고기는 빼놓을 수 없는 식자재였다. 먹는 건 내가 스트레스를 푸는 가장 쉬운 방법이었으니까. 채식이 아무리 좋은 것이라 하더라도, 또 내가 그 사실을 안다 하더라도 도고처럼 당장 이를 받아들이기는 어려웠다. 코스모스 졸업과 취업을 앞둔 나로서는 큰 변화를 받아들이기 버거웠다.

그리고 비건이라는, 지금까지의 인생과 앞으로의 삶을 구분 지을 큰 결심을 한 도고에게는 '비건'에 적응하는 것만으로도 쏟아야 할 에너지가 컸다. 당장 내일부터 그동안 해 먹던 자취 음식 말고 뭘 해 먹어야 할지 고민해야 했으니까. '건강 나빠지니까 그냥 고기 먹어.' 하는 말에는 우려가 섞여 있을지라도 배려는 없다. 도고에게 필요한 건 걱정 섞인 관심보다 적당한 무관심이었다.

도고와 나는 벽돌집에 함께 살지만 방은 따로 쓴다. 거실, 주방, 화장실 같은 공용 공간 외에 각자의 방은 침범하지 않는다. 미술 작업을 하는 도고가 방에서 어떤 작업을 하든지, 재택근무를 하는 내가 침대에서 얼마나 불량한 자세로 일을 하든지.

서로를 존중하되 각자의 영역은 지키는 쓰리룸 벽돌집에 비건과 논비건이라는 새로운 과제가 생겼다. 작지 않은 과제지만, 우리는 이 문제를 거실에서 이야기하기

보다는 각자의 방에서 해결하기로 했다. 도고도 나도 채
식주의는 처음이었으니까.

우리는 서로 맞춰 사는 가족이나 부부가 아니니까 이
런 면에서는 자유로웠다. 서로의 생활을 받아들이지는
않더라도 이해하는 것. 그거면 우리는 같이 살 수 있다.

그렇게 나는 채식주의자와 함께 살게 되었다.

#03

동거인이 비건 시작하고
나의 고기 시대 시작됐다

출근을 시작했다. 인턴에게는 업무 없는 일과 시간보다 낯선 사람들 사이에서 어색하게 사담을 섞어야 하는 점심시간이 더 어려웠다. 적당히 웃으며 제육볶음을 먹고 있는데 어떤 분이 장난을 걸었다.

"이박 씨, 열심히 먹네요? 굶고 다녀요?"
"아, 오랜만에 먹어서요."
"왜 못 먹어요? 집에서 고기 안 먹어요?"
"네. 같이 사는 친구가 채식주의자거든요."

내 말실수로 회사 사람들에게 하우스 메이트의 식생활이 공개되었다. 덕분에 그날 점심 식사의 화두는 나와 도고의 식생활이 되었다.

"어떻게 고기를 안 먹어요? 그럼 외식할 때는 어딜 가요? 진짜 고기가 먹고 싶을 때는 어떡해요?"

반응은 대체로 이와 같았다. 거기에 호기심 반 걱정 반의 반응. 나는 못 하겠다, 힘들겠다, 하는 나와는 관련 없는 일이라는 반응. 채식하지 않는 사람들이 채식에 대해 이야기할 만한 말들이었다.

그런데 이야기가 점점 예상치 못한 방향으로 흘렀다. 그들과 함께 자리한 나는 비건이 아닌, '비건과 함께 사는 논비건'이었기 때문이다. '집에서는 풀만 먹어요? 생활비는 같이 쓴다면서요. 억지로 채식하는 거 아니죠?' 날 걱정하는 말이었지만 묘하게 따가웠다.

점심으로 주문한 제육볶음은 식탁에 올라오자마자 내 앞으로 밀려들어 왔다. 어묵 반찬도 멸치볶음도 사이드 된장찌개 속 차돌도 내 차지였다. 입사 일주일 차 파릇

파릇 인턴은 점심값도 안 냈는데 온 식탁 고기를 독차지했다.

그날의 점심을 시작으로 내 앞에 고깃길이 깔렸다. 평범한 식당에 가도 '이박이 고기 많이 먹어라.' 하는 말이 붙어 나왔다. 야근 식사 겸 시킨 치킨이나 족발이 남으면 보따리는 나를 따라왔다.

병아리 사회인으로서 누군가에게 챙김 받는 건 좋은 일이었지만, 과한 관심은 불편하기도 했다. 맛있는 걸 많이 먹는 건 내가 좋아하는 일이었다. 그런데 배가 부르고 나면 명치가 갑갑했다. 과식 탓도 있겠지만.

"이박 씨, 불쌍하다."

어느새 나는 먹고 싶은 것도 마음껏 못 먹는 불쌍한 사람이 되어 있었다. 도고와 내가 어떤 이야기를 나누고 어떤 합의를 했는지를 덧붙였음에도 마찬가지였다. 내 회사에서 도고는 자기도 모르는 사이에 하우스 메이트의 식생활을 방해하는 이기적인 사람이 되었다. 그냥 먹는 음식이 다른 것뿐인데!

　오랜만에 야근이 없던 날, 도고와 저녁을 먹으러 동네 보리밥집에 갔다. 갖은 나물을 보리밥 자기 양푼에 넣고 고추장 참기름에 비벼 먹으며 도고한테 회사 이야기를 했다.

　"내 친구 중에도 너 생각하는 사람 있었어."

　도고는 비건에 대한 다른 친구들의 반응을 이야기해 줬다. 도고 주변에는 채식에 관심 있는 친구들이 많다고 했다. 덕분에 도고의 비건 선언은 많은 응원을 받았다고. 그중에서도 도고의 하우스 메이트인 나를 생각하는 사람들이 있었다고 한다.

　"같이 먹던 음식을 같이 못 먹는 거고, 요리도 채식이 아니면 따로 해야 하는 거잖아."

　음식을 나누는 건 타인과 함께 사는 데 있어 가장 큰

장점 중 하나다. 우리가 합의점을 찾았다 해도 그 부분이 아쉽게 느껴지는 건 사실이었다. 그래도 그걸 아쉬워하는 건 우리 몫으로 남겨 줬으면 했다.

나는 편식을 한다. 콩도 싫고 고사리도 싫다. 고기랑 채소를 같이 먹는 것도 싫어서 쌈을 먹을 거면 고기 빼고 밥이랑 쌈장만, 고기를 먹을 거면 쌈 없이 밥이랑 고기만 먹는다. 고기도 누린내가 나면 안 먹는다. 비건이 먹지 않는 음식이 많다고 하지만, 안 먹는 것 많기로는 나도 비건 못지않단 말이지.

내가 다른 사람들과 짜장면을 먹을 때 완두콩을 빼내도 아무도 나한테 뭐라고 안 한다. 괜히 머쓱한 내가 '저, 편식해요.' 하고 자진 납세를 해도 '그거 안 먹으면 어떡해요?' 하고 안쓰럽게 보는 사람은 없다. 우리는 어른이니까 내 앞에 나온 음식을 어떻게 먹든 그건 내 자유다. 그런데 그건 도고도 마찬가지 아닌가?

"그런데 나, 솔직히 남은 음식 싸 주는 거 싫긴 했는데 제육 더 주는 건 좋았다?"

"그럼 제육 먹을 때마다 내 얘기 해. 이왕 먹는 거 많이 먹고 와.”

비건 하면서 이런 얘기해도 되는지 모르겠지만, 하고 도고는 덧붙였다. 나는 피식피식 웃으며 제육볶음을 내 앞으로 끌어당겼다. 우리의 단골 보리밥 집은 보리밥을 시키면 반찬으로 제육볶음을 준다. 도고랑 그 식당에 가면 제육볶음은 다 내 차지다. 내가 안 먹는 나물은 고스란히 도고의 양푼에 들어간다. 가끔 기름진 게 먹고 싶을 때면 감자전을 추가한다.

서로가 뭘 먹든 우리는 한 식탁에 앉는다. 무엇을 어떻게 먹는지는 각자의 자유다. 접시에 담긴 음식이 다르다고 해서 누군가가 미안하거나 불쌍할 필요는 없다. 우리는 자기 먹을 것 정도는 마음대로 선택하고 존중받을 수 있는 사람이니까.(게다가 먹는 거 가지고 잔소리 듣는 건 세상에서 가장 서러운 일이란 말이야.)

비건 하우스 메이트가
우리 엄마한테 예쁨받는 법

지금 도고와 나는 하우스 메이트 사이지만, 사실 우리는 '하우스 메이트'보다 딥한 관계다. 초등학생 때부터 지금까지 15년 지기 친구였다는 말로는 모자라다. 우리 둘의 부모님은 같이 식사까지 하는 사이다. 우리도 없이!

시간을 거슬러 우리가 서울에 살 집을 찾아다닐 때, 도고와 내가 함께 살겠다고 본가에 알리자마자 아버지 두 분은 서로와의 통화를 끝내셨다. 같은 학년 100명이 초중고를 다 같이 다녀야 할 만큼 손바닥만 한 동네에서 12년 학부모 생활을 하면 '누구네 엄마'라는 말로 알음 알음 서로를 알아본다. 거기에 아버지 두 분이 다 공무원이라면? 이건 서로를 모르는 게 이상한 거다. 엄마 말로는 아버지 두 분이 술자리를 하면서 딸 욕도 나누셨다고. 얘기만 들어서는 딱 딸 둘 시집보내는 모양새였다.

시작이 그래서인지 우리 자취는 결혼 준비하듯 진행되었다. 서로뿐 아니라 양가 부모님까지 신경을 쓰셨다는 말씀. 보증금은 반반으로 하자. 큰 방은 누가 써야 하는가. 냉장고는 누가 해 오는가. 쓰던 가구들은 어떻게 넣어야 하는가. 짐을 넣을 때는 부모님들이 올라오셔서 각각 밥도 사 주셨다.

자리를 잡은 지금도 이박네 부모님은 도고의 안부를, 도고네 부모님은 이박의 안부를 물으신다. 아무래도 딸이 타지에 뿌리내리고 사는데, 같은 동네 친구랑 같이 산다니 조금은 안심하신 것 같았다. 진짜 시집가는 기분이야. 우리도 농담조로 그런 얘기를 한다. 회사를 다니는 내가 바깥양반, 집에서 일하는 도고가 안사람이라고.

도고를 예뻐하는 우리 엄마지만, 도고가 비건이 됐다는 이야기를 들으셨을 때는 엄청 걱정하셨다. 물론 도고가 아니라 나를. 내가 도고한테 처음 비건 이야기를 들었을 때처럼 엄마의 첫 질문은 '왜?'였다. 그 궁금증이 해소되고 나서는 나에 대한 염려를 풀어놓으셨다.

"너한테도 비건 하라고 하느냐."
"그건 아니고요."
"그럼 너도 앞으로 집에서 고기 못 먹는 것 아니냐."
"집에선 원래 잘 안 먹었어요. 나무 벽에 냄새 배서리."
"절대 따라 하지 마라."
"어차피 회사 다니면 밖에서 비건하기 어려워요."
"그러다 도고 쓰러지면 어떡하냐."
"지금 도고가 저보다 건강해요. 그런데 이건 내 걱정이 아닌데!"

'넌 꼭 고기 먹어라!' 우리 엄마와의 대화에서 나오는 결론은 늘 이거였다. 한 끼만 깨작거려도 어디 아프냐고 냉장고를 털어 먹이셨던 엄마셨으니, 딸이 뭘 안 먹고 지낼까 봐 걱정되셨겠지. 엄마의 마음이 어떤지는 백번 이해했다. 하지만 나는 불속성 효자들이 으레 그러하듯 귓등으로 흘려들었다. 네네. 제가 알아서 잘 먹을게요.

그래서 도고가 비건이 됐다는 이야기를 전한 뒤 한동안은 엄마랑 전화 패턴이 똑같았다. 사는 얘기 좀 하다가 '걔는 아직도 비건이니? 몸은 괜찮니?' 하는 도고 걱정. 그러고는 '고기 잘 먹고 다녀라!'

그 당시 이박은 회사 스트레스로 인한 폭식과 구토로 핼쑥해지고 있었는데, 엄마는 내가 마르던 원인이 도고의 비건이라고 생각하셨나 보다. 나는 '너무' 잘 먹고 다닌다고 말씀드려도 간간이 떠오를 때마다 엄마는 과자랑 간식, 영양제를 보내 주셨다.

엄마가 오해를 푼 건 내가 회사를 그만두고 먹성을 되찾은 때였다. 인턴 생활을 끝내고 다시 취업할 때까지 잘 노느라 땡땡해진 날 보고서야 엄마는 웃으셨다. 심지어는 이랬다.

"넌 아직 채식 안 하나 보네? 이제 그만 쪄야 되니까 도고랑 채식해."

벽돌집에 있을 땐 도고랑 식단을 맞추던 때였던지라

충격이 한 번. 다른 사람도 아니고 엄마한테 그만 쪄야겠다고 들은 거라서 충격이 두 번이었다. 어떻게 나한테 살 쪘다고 할 수 있어요! 오늘 저녁 안 먹어! 그렇게 찡찡거리며 거실을 굴러다녔다. 엄마가 쪄 놓은 양배추에 못 이겨 야무지게 양배추 굴비쌈 저녁을 먹었다는 건 안 비밀.

도고가 비건을 시작한 지 4년 차가 된 지금도 우리 엄마는 도고의 안부를 묻는다. 걔는 아직 고기 안 먹니? 그럼 나는 대답한다. 네. 지금도 안 먹어요. 그래도 전처럼 걱정은 안 하신다. 대신 내가 먹을 간식을 보내 주실 때, 도고랑 같이 먹을 수 있는 과일을 함께 보내 주신다. 지난 내 생일에는 도고랑 같이 먹으라고 비건 케이크까지 찾아보셨다고.(결국 찾기 힘드셔서 돈으로 주셨다.)

이제 엄마는 도고의 비건을 좋게 보신다. '비건'의 좋음을 인정하신 건지는 모르겠지만, 적어도 내가 채소를 많이 먹게 된 건 좋아하신다. 전에는 메인 푸드만 먹겠다고 고기를 먹을 땐 절대 쌈도 싸 먹지 않는 나였는데, 주말 점심으로 샐러드나 두부면을 먹는다니까 처음에는 믿지도 않으셨다. 암튼 우리 엄마는 요새 이런 얘기를 하신다.

"너랑 사는 게 쉬운 게 아니야. 도고한테 잘해."

18년 동안 날 데리고 산 엄마는 내가 얼마나 정리정
돈에 약한지 아신다. 그런데 도고랑 같이 사는 벽돌집
이, 적어도 공용 공간은 깨끗하다? 우리 엄마는 이 부분
에서 도고를 굉장히 높이 평가하신다.

부지런하고 집안일에 싹싹한 도고가 공용 공간을 깨
끗하게 관리한다고, 그래서 꾸준히 청소한다고 이야기
를 하면 엄마는 그렇게 도고 칭찬을 하신다. 그렇죠, 그
렇죠. 내가 속없이 맞장구를 치면 엄마는 밉지 않게 꾸
중을 하신다. 그러니까 깨끗하게 살아. 도고한테 쫓겨나
지 말고. 어느새 도고의 유별난 식습관은 엄마의 생각
밖으로 밀려나 있다.

근데 이건 다 내 작전이란 말이지. 원래 고부 갈등은
사위하기 나름 아니겠어? 나름 벽돌집의 바깥양반 포지
션을 가진 사람으로서 나는 오늘도 도고와 우리 엄마 사
이에서 서로의 칭찬을 옮긴다. 물론 우리 엄마가 도고한

테 시어머니 역할을 하는 건 아니지만, 도고를 예뻐하면 예뻐할수록 과일이 많이 오지 않겠는가!

사실 우리 부모님은 도고의 비건 말고는 도고한테 큰 관심은 없으시다. 그냥 전화로 '둘이 요즘 잘 지내니?' 정도의 안부와 도고의 비건 안부를 물으실 뿐.

도고네 반응도 궁금해서 도고한테 물어보니까, 그쪽도 마찬가지인 것 같다. 우리가 이사할 시기에 내가 인턴에 붙었는데, 그것 때문인지 도고네 아버지는 '이박이는 요새도 그 회사 다니니?' 하고 종종 물어보신다고.

가끔 농담 반 진담 반으로 양쪽 가족 다 같이 서울에 올라오셔서 온 가족 식사(심지어 도고 동생이랑 내 동생도 나이가 똑같다.)를 하겠다고 하실 때가 있는데, 그럴 때마다 도고랑 내 등골이 오싹해진다. 우리 둘 다 본가랑의 거리감은 딱 이 정도가 적당한 걸로!

갑작스러운 취업과 비건이
건강에 미치는 영향

이박과 도고에게 있어 벽돌집 첫해는 잊지 못할 경험으로 가득한 1년이었다. 도고는 비건을 시작했고, 나는 졸업과 동시에 꿈꾸던 회사에 취업했다.

그즈음이 벽돌집 두 사람의 몸무게가 가장 가벼운 시기였을 거다. 사람이 홀쭉해지는 데는 두 가지 방법이 있는데, 하나는 취업이요 다른 하나는 비건이다. 우리는 각각의 이유로 홀쭉하게 말라 갔다. 둘 다 건강한 방향은 절대 아니었다.

날 마르게 한 건 회사 스트레스였다. 입사한 주부터

야근을 했는데, 인턴임에도 내가 가장 마지막까지 남아 일했다. 야근 식대는 회사에서 지원해 주니까 밥을 먹고 일하라던 사수는 그다음 달, '인턴은 야근 식대 적용이 안 된다더라?' 하는 말만 던지고 칼퇴했다. 나야 대환영이었다. 안 그래도 밥값이 비싼 강남구에서 열 장이 넘는 식대 영수증을 올리기도 눈치 보였으니까. 그렇게 매일 저녁을 밖에서 혼자 해결했다.

사실 나는 아직 음식 정량을 모른다. 눈앞에 음식이 남아 있으면 계속 집어먹는다. 금붕어도 배부르면 밥 먹기를 멈춘다는데, 나는 그걸 모른다. 더 최악은 내 스트레스 해소법이 '먹기'라는 거다. 정말 힘든 날에는 메뉴 두 개를 한 번에 먹고도 편의점에 들러 과자를 산다. 같이 음식을 먹는 누구라도 있으면 먹는 속도를 맞춰 먹기를 멈췄을 텐데. 인턴 이박은 혼자였다.

그렇게 먹고 돌아온 날엔 꼭 속이 쓰려서 서너 시에 잠에서 깼다. 30분 앉아서 졸다가도 속이 가라앉지 않으면 토하러 일어났다. 괜히 적당히 토했다가는 또 아파서 깰까 봐 아예 처음 먹었던 음식이 보일 때까지 변기와 끝장 싸움을 했다.

먹는 양이 많음에도 몸무게는 도통 늘지 않았다. 오
히려 기력이 떨어져 병뚜껑도 혼자 못 땄다. 누가 내 이
름을 부를 때마다 딸려 오는 손떨림과 두근거림은 덤이
었다.

그즈음 도고의 육체가 내 마음과 같았다. 살이 죽죽
내려 뼈만 남았다. 도고가 마르는 건 식습관 변화 때문
이었다. 도고의 육체는 갑자기 바뀐 식습관을 받아들이
는 속도가 더뎠다. 그 다양한 채식 형태 중에서도 비건
이었다. 갑자기 먹는 음식이 바뀌니까 체중이 눈에 띄게
줄었다. 하루아침에 고기를 끊어서 생긴 문제라기보다
는 그동안 부식이나 반찬으로 먹던 음식들을 조금씩 '주
식'으로 먹으면서 생긴 문제였다.

도고는 자꾸 몸이 가렵다고 했다. 원인은 콩이었다. 육
류와 부산물을 콩 가공식품으로 대체했는데 도고는 콩
에 알레르기가 있었다. 콩고기, 두부, 두유 같은 콩 식품
을 먹으면 도고는 몸이 간지러웠다. 심각할 때는 발갛게
피부가 달아오르며 두드러기가 났다.

"나 여기 간지러운데 뭐 났는지 좀 봐 줘."

도고가 걷어낸 등에는 발갛게 두드러기가 올라와 있었다. 나는 두드러기보다 옆구리를 타고 등뼈 쪽으로 도드라지는 갈비뼈 모양이 더 무서웠다. 이러다 도고가 죽을지도 몰라! 도고의 신념을 존중하는 것과는 별개로, 그땐 정말 심각하게 비건을 말려야 하나 고민했다.

그래도 도고는 비건을 포기할 생각이 없었다. 도고는 발품을 팔아서 여러 채식 식료품을 찾았다. 비건 페스타에 갔다가 신기한 음식도 많이 찾았다. 주말마다 도고는 서울의 채식 식당을 쏘다니며 자기 입맛에 맞는 음식을 찾아다녔다. 콩단백이 새로운 음식으로 대체되었다. 두부만이 포기하기 아쉬운 유일한 콩 기반 재료였는데, 콩 섭취가 줄어드니 두부 정도는 먹어도 몸에 변화가 없었다. 근성의 승리였다. 이제 도고는 마르기는 했지만 전처럼 무섭게 마르지는 않았다. 오히려 비건을 시작하기 전보다 몸무게가 붙었다.

도고는 건강하게 견디는 법을 스스로 찾은 거다. 그리

고 버티기를 끝낸 도고는 지금까지도 착실히 비건으로 살고 있다. 아주 행복하고 건강한 방법으로.

나한테도 견디기는 가장 당연한 선택지였다. 원하던 대기업에서 인턴 기간을 버티면 정직원을 시켜 준다는데, 야근이 대수야? 대학 동기들이 얼마나 힘든 취준 생활을 하고 있는지를 알았다. 남들이 들어오고 싶어서 난리인 회사에 들어왔는데, 여기서 못 버티는 건 어른스럽지 못하다고 생각했다. 그놈의 어른스러움이 날 '존버' 하게 만들었다고.

그 생각이 변한 건 인턴을 한 달 남겨 놓은 어느 평일 밤이었다. 잠이 오지 않아 누워 있는데 갑자기 심장이 빠르게 뛰고 눈물이 났다. 처음에는 '나 왜 울지?' 싶었는데, 사실 왜 우는지 알았다. 회사가 너무 가기 싫었다.

왜 나는 정직원도 아니고 인턴인데 이 고생을 해야 하나. 그런데 아직 사회에 발 하나밖에 못 걸쳐 놓은 인턴이 이렇게 투정 부려도 되는 건가. 남들 다 하는 사회생활이 이런 건가. 내가 못 하는 건가.

마음속에서 사측 이박과 이박측 이박이 서로의 머리

채를 잡고 뒤엉켜 굴렀다. 덕분에 속이 시끄러워진 나는 다시 침대에서 내려와 변기에 머리를 박았다. 몇 번 웩웩거리니까 저녁에 먹은 마라샹궈 중국 당면이 온전하게 튀어나왔다. 먹음은 사람을 살찌게도 하고 빠지게도 하고 도고처럼 신념을 표현하게도 하고. 그리고 이렇게 사람을 망가뜨릴 수도 있다는 걸 배웠다.

'와! 그만둬야겠다!'

도고의 비건을 견디게 만든 목표나 열정, 호기심이 나의 회사에는 없었다. 그 셋 중 하나라도 있었으면 버틸 수 있었을 거다. 하지만 어쩌겠어. 내가 회사에서 얻은 건 변기 물을 내려도 빨갛게 남는 기름기뿐인데…. 바디워시 뿌린 변기 솔로 기름기를 문지르면서 나는 퇴사를 결심했다.

내 퇴사는 곧 도고의 해방이었다. 변기에서는 음식을 토하고 도고 앞에서는 회사 욕을 토해 내는 나날과 이제는 안녕이니까! 도고는 박수를 치면서 좋아했다. 한 번도 회사에 다닌 적 없는 도고는 이제 익숙해진 내 레퍼토리를 똑같이 읊으며 회사원처럼 회사 욕을 했다. 아직 퇴사하지도 않았는데, 나는 격려를 받았다.

"잘했다! 고생 많았어."

맞아! 나 진짜 고생 많았어. 나와 맞지 않던 빈자리에 억지로 나를 욱여넣느라 너무 수고했어. 그동안 버티느라 구겨져 주름진 부분들은 감쪽같이 다려지지는 않겠지. 그래도 착착 반듯이 펼쳐서 다시 나한테 맞는 자리를 찾을 거야. 그때까지는 푹 쉴 거야! 졸업 전에 취업해서 지금까지 달린 거니까 이제는 쉬엄쉬엄 내가 정말 하고 싶은 일을 찾아야지.

그렇게 나는 '존버'를 마쳤다. 버틸 생각을 할 때는 나스스로가 남들보다 떨어지는 관심병사 같았는데, 퇴사를 결심하니까 전쟁터에서 귀향하는 생존자가 된 기분이었다. 전에 누가 그랬다. 남들보다 강한 점이 하나 있으면 누가 몰아붙여도 여유가 생긴다고. 슈퍼맨이 신문사에서 그렇게 구르고 깨져도 개의치 않는 것처럼 나도 그랬다. 내 앞에서 짖어라! 난 곧 떠날 거니까.

　물론, 퇴사를 결심했다고 해서 몸 상태가 원래대로 돌아온 건 아니었다. 하도 자주 먹고 토해서 배가 부르면 자연스레 토기가 올라왔다. 그래도 그만둘 마음을 먹으니까 견디는 게 쉬워졌다. 전에는 없던 목표가 생겨서 그렇다. 비록 인턴에서 정직원 전환이라는 좋은 결과를 얻었지만, 나는 인턴 종료와 함께 회사를 떠났다.

　살 빠지는 이야기로 글을 열었지만, 이 글은 다이어트에 관한 게 아니다. 건강한 운동과 식이를 병행하며 살을 빼지 않는 이상, 갑자기 홀쭉해지는 건 몸과 마음의 변화(특히, 부정적으로) 때문이라는 걸 분명히 알아 주시기를!

　자글자글 번데기 앞 매끈한 개불처럼, 아직 누구 앞에서 잡을 주름은 없다. 다만 경험한 바를 말해 보자면, 나는 물이다. 나에게 옳은 쪽으로 흐른다. 물길이 어떻게 나 있든 나한테 의지와 목표가 있으면 구불구불 흘러도 목적지는 같을 거라는 말씀. 내가 변하지 않는 한 같은 방향으로 흐를 수 있다면, 조금은 천천히 흘러도 좋다.

무작정 흐르다가는 햇빛에 말라 버린다. 바다까지 도달하기 위해서는 그늘에 잠시 고여 이슬을 모으는 시간도 필요하다. 맞서고 견디고 물러서고 넘어지고, 그중에 답은 없다. 그때는 옳아도 지나면 틀리고, 지금은 틀린 줄 알았어도 사실은 맞을지도! 중요한 건 내가 망가지지 않는 거다. 나를 지킬 수 있다면, 남들과 다른 방법이라 하더라도 틀리지는 않다. 건강하게 변화하는 법을 찾는 것. 그것이 현재 나의 옳음이다.

이 글을 쓰는 지금, 나는 새 회사에 입사해 1년 넘게 직장 생활을 이어오고 있다. 인턴을 하던 곳보다 큰 회사는 아니지만, 원하던 회사를 퇴사했는데도 나는 원하던 일을 하고 있다. 나에게 옳은 쪽으로 잘 흐르고 있다.

도고의 비건도 계속되고 있다. 내가 아직 이리저리 흐르며 내게 맞는 물길을 찾고 있는 중이라면, 도고는 깊은 댐을 채우는 중이다. 이제 도고는 채식 가공식을 먹는 단계에서 벗어나 직접 요리를 시작했다. 치즈맛이 나는 효소랑 모차렐라처럼 늘어나는 두유 치즈가 냉장고에 쌓인다. 비건 식당을 차리겠다며 공부하는 모습이 대단할 따름이다.

우리는 각자의 변화를 응원하고 지지한다. 서로에게 받는 좋은 영향은 벽돌집 라이프의 큰 장점이다. 우리가 우리 몸무게를 되찾은 것처럼, 삶의 균형 무게 중심을 잡게 만든 덕은 다 서로에게 있다. 비건이든 논비건이든, 함께 있는 서로에게 고마운 나날들이다.

그런 의미에서, 이번 기회를 빌려 나의 직장 히스테리와 스트레스를 받아 주며 함께 코인 노래방, 아이스크림, 밤 산책을 나서 준 도고에게 감사 인사를 남긴다. 매일 신발도 안 벗고 신발장 앞에 누워 찡찡거리던 놈을 일으켜 씻기고 갈아입혀 침대까지 눕혀 준 도고. 그 덕분에 지금 이 글을 쓰는 이박이 있는 거라고!

당신을 위한
채식 가이드

현재 우리의 육식은 지극히 인간 중심적이다. 공장형 농장을 짓기 위해 삼림을 베고, 더 많은 고기와 부산물을 얻기 위해 아무 문제 없던 동물을 개량하고, 그들의 삶과 죽음을 철창 안에 몰아 가두고, 그렇게 늘어난 가축 개체가 만드는 분뇨와 각종 쓰레기로 환경을 파괴하고… 이러한 육식이 만드는 불행의 사슬 끝에는 인간이 있다. 뉴스와 다큐멘터리, 심지어 교과서도 이 점을 이야기해 왔다. 다만 나를 비롯한 논비건에게는 먼 이야기였을 뿐. 그럼 고기를 먹지 않으면 되는 거 아니야? 하지만 일상에서 고기를 털어 내는 게 어렵다는 건 너도 알고 나도 아는 사실이다. 게다가 동물 원료로 만든 식자재는 우리 상상 이상으로 많은 음식에 사용된다.

그래서 채식에는 단계가 있다. 고기 이외에 어떤 동물성 재료를 먹지 않느냐, 그리고 어떤 형태의 고기를 먹느냐에 따라 지칭이 달라진다. 그 지칭을 그냥 접한다면 복잡하게 들리겠지만, 사실 의미는 어렵지 않다. 그래서 정리해 봤다. 채식이 멀게만 느껴지는 당신을 위한 채식 가이드를.

학교에서 무언가를 배울 때 입문-발전-심화 단계로 배우는 것에서 착안해 채식의 단계를 나눠 보았다. 사람의 식습관은 각자의 습관과 환경, 건강에 따라 개인 스스로가 결정하는 것임을 알고 있다. 따라서 단계에 따라 어떤 채식 방법이 좋고 나쁘고는 없다는 것을 꼭 기억해 두기를 바란다.

채식 입문

입문 단계의 채식은 고기를 동반한다. 마냥 고기를 먹지 않는 것보다는, 고기를 줄이는 것에 가깝다. 채식을 시작하는 사람들이 주로 시작하는, 말 그대로 '입문' 단계의 분류다. 어떤 고기를 먹느냐에 따라 종류가 나뉜다.

– 플렉시테리언 Flexitarian

때에 따라 채식을 하는 사람이다. 채식을 할 수 있을 때는 채식을 하고, 그렇지 못한 경우에는 고기를 먹는다. 고기를 끊은 것은 아니지만, 메뉴 선택권이 있을 때는 채식을 지향한다. 일주일에 하루 날을 정해 채식을 하거나, 평일에는 동료들과 일반식을 하되 주말에는 채식을 하는 사람이 플렉시테리언에 해당한다.

– 비덩주의자

최근 등장한 신조어로 '비(非)덩어리 주의', 즉 덩어리 고기를 먹지 않는 사람이다. 고기가 당연히 덩어리 아니겠냐마는, 국이나 찌개에 들어가는 육수 역시 고기로 만든다. 비덩주의자는 국물은 먹되 솎아 낼 수 있는 고기는 먹지 않는다. 불고기나 제육볶음처럼 고기가 메인이 되는 음식은 먹지 않고, 동행과 함께 김치찌개 집에 갔을 때 찌개 속 고기 외에 국물은 먹을 수 있다.

– 폴로 Pollotarian

폴로는 닭을 의미한다. 이 분류에 해당하는 사람들은 가금류를 제외한 육류는 먹지 않는다. 닭, 오리, 칠면조 등 새 고기로 기존에 먹던 고기를 대체한다. 삼겹살은 안 되지만 닭 가슴살은 된다. 비프 부리또 대신 치킨 부리또를 선택한다.

– 페스코 Pescetarian

페스코는 생선이라는 뜻이다. 페스코에 해당하는 이들은 생선의 고기, 혹은 해산물만을 먹는다. 육지 동물의 고기는 먹지 않는다. 생선구이를 시켜 먹되, 친구가 시킨 돼지불백을 뺏어 먹지 않는다. 닭 칼국수는 못 먹지만, 바지락 칼국수는 먹는다.

채식 발전

발전 단계의 채식에서는 살아 있는 생명체에서 취한 살코기는 배제된다. 어떤 동물성 식품을 먹느냐에 따라 종류가 나뉜다.

– 오보 Ovo-vegetarian

오보 채식주의자들은 고기를 먹지 않되 난류를 섭취한다. 달걀, 메추리알, 오리알 등 조류가 낳은 알을 먹는다. 장조림에서 고기를 빼고 달걀조림을 만들어 먹을 수 있다. 참기름을 두른 간장달걀밥도 먹을 수 있다. 그 위에 스팸을 얹거나 버터를 올릴 수는 없다.

락토 채식주의자들은 유제품을 먹는다. 우유, 치즈, 버터 등 우유와 유제품에서 비롯한 식자재는 소비할 수 있지만, 간혹 유제품 응고제를 동물성 재료로 사용하는 경우가 있어 주의가 필요하다. 고기 토핑을 뺀 피자를 먹을 수 있다. 달걀이 들어가는 스콘류의 빵은 허용되지 않는다.

채식 심화

심화라고 이름 붙인 만큼, 앞선 채식 단계들과 비교했을 때 난도가 높다. 고기를 비롯해 동물에게서 채취하거나 동물 노동력을 통해 얻은 재료 역시 먹지 않는다. 채식 중 가장 고난도 단계라고 할 수 있다.

– 비건 Vegan

모든 동물성 원료를 금한다. 고기, 달걀, 유제품을 비롯해 오징어 먹물과 꿀 등도 먹지 않는다. 채식 음식 중 '비건'이라는 단어가 들어간다면 동물성 재료를 식물성 재료로 대체한 음식이라는 뜻이다. 어떠한 작은 동물 성분도 피한다. 김치에 들어가는 멸치 액젓, 국물 요리의 육수, 와인에 들어가는 동물성 효소와 젤리 속 젤라틴까지도! 그리고 더 나아가 동물을 착취하는 모든 종류의 산업을 지양한다. 환경주의적 움직임과도 맞닿아 있다.

이렇게 간단히 설명했지만, 채식의 종류는 이 외에도 많다. 유제품과 난류를 먹는 채식주의자라면 락토-오보, 가금류와 어류를 먹는다면 폴로-페스코. 이런 식으로 자신이 먹는 식품 종류에 따라 위의 용어들을 섞어 사용할 수 있다. 채식을 지칭하는 단어들은 언뜻 들으면 복잡하지만, 풀어서 사용하면 직관적이다.

만약 이 글을 읽고 있는 당신이 채식에 관심이 있다면, 위의 목록을 통해 스스로가 어떤 단계부터 채식을 시작할 수 있을지 가늠해 보면 좋겠다. 또 만약 당신에게 아직 채식을 시작할 마음이 없다고 해도 좋다. 앞선 글을 통해 조금이나마 채식주의자들은 무엇을 먹는지, 또 비건이 얼마나 어마무시한 건지 알게 되었으니까. 그렇다면 언젠가 주변에 채식주의자가 생겼을 때 그들을 더 잘 이해할 수 있을 거다. 혹은 스스로가 채식주의자가 될 수도 있고 말이다. 최소한, 지금 이 책을 더 실감나게 읽을 수 있을 거라고 확신한다.

2부

비건에 대한 오해,
논비건이 이야기해
보겠습니다

내가 아는 비건 중에
가장 인스턴트 좋아하는 비건

솔직히 도고가 비건이 되면 나도 건강하게 살 줄 알았다. 비건 이미지가 보통 그러니까.

"신선한 채소 많이 먹고, 건강하고, 부지런하고. 내가 채식하는 건 아니지만, 집에 비건이 있으니 그 덕을 볼수 있지 않을까? 집에서는 나도 고기를 안 먹으니까 군살도 좀 빠지고 생기도 도는 젊은이가 되지 않을까?"

지금에야 알게 된 사실이지만, 이건 진짜 비건을 모르고 하는 말이다.

도고가 비건을 시작하고 벽돌집에서 초반에 가장 많이 먹은 음식은 떡볶이였다. 정말 말 그대로 떡볶이. 소스에 떡만 불려 넣어 볶아 먹는 떡 볶음. 그릇에 뻘건 건 떡볶이 소스요, 중간 중간 흰 건 떡 아니면 그릇 바닥이었다. 어묵 소시지 치즈는 먹을 수 없지만, 떡볶이를 포기하지 못해 만들어진 벽돌집 표 '비건' 떡볶이였다.

이 떡볶이 레시피의 주인은 나다. 부재료 하나도 없는 떡볶이를 오로지 하우스 메이트와의 식사를 위해 만들었다면 참사랑이겠지만, 그 정도로 도고를 좋아하지는 않는다. 비건 떡볶이는 그저 요리하기 귀찮고 간단히 밥해 먹기 좋아하는 자취생의 5분짜리 요리법일 뿐이다.

도고가 비건이 되기 전, 도고네 부모님이 자취하는 애들 굶지 말라고 인스턴트 떡국을 한 박스 보내 주셨다. 불행히도 나는 떡국을 좋아하지 않았다. 그리고 곧이어 비건이 된 도고는 육류 첨가물이 들어간 떡국 스프를 먹을 수 없었다. 그래서 떡만 빼 먹을 수 있는 방법을 찾다가 떡볶이를 먹게 된 거다.

익기 쉽도록 얇게 썰어 나온 레토르트 떡국 떡은 요리를 하면서도 배고픔을 참지 못하는 나에게 최고의 재료였다. 번거롭게 여러 재료 손질할 필요 없이 끓는 소스에 떡만 넣으면 떡볶이 완성이었다. 소스는 무조건 맵고 짜고 달게. 재료 본연의 맛을 얼마나 메롱으로 지져 놓았든 설탕, 간장, 고춧가루만 있으면 떡볶이 맛을 흉내낼 수 있었다.

도고에게 다행인지 불행인지는 모르겠지만, 벽돌집의 요리 담당은 나였다. 교환 학생 경험을 기반으로 만들어진 '못 먹을 정도만 아니면 되는' 요리 실력은 도고의 비건 시대를 열었다. 심심한 맛에 길들여져 있던 도고의 연약한 혓바닥은 이박표 집 밥 훈련을 받은 뒤, 웬만한 염도에는 녹슬지 않는 함선 바닥처럼 무던해졌다. 내 작품이다!

안 그래도 떡볶이는 헬스 트레이너들이 가장 싫어하는 음식이라고 한다. 영양가는 낮고 칼로리는 높다.(그래서 맛있겠지만.) 건강 망치는 맛이라는 건 알고 있었지만, 마지막 학기 취업 준비에 정신없는 이박과 휴학을 던지고 대학교를 뛰쳐나온 도고에게 음식에서 얻을 수 있는 영양 따위는 알 바 아니었다. 인간이 다 그렇듯, 자극적이고 쉬운 것에 끌리는데 요리라고 왜 예외가 아니겠어.

비건 떡볶이의 시대는 레트로트 떡국 컵에서 떡을 전부 빼먹고 나서야 막을 내렸다. 새것이나 다름없는 떡국 컵은 겹겹이 쌓여 재활용되었고, 애물단지처럼 남아 찬장 한구석에 쌓이고 만 떡국 분말만이 한 박스의 떡국이 남긴 흔적으로 남았다. 이즈음 벽돌집에 경사가 생겼다. 바로 이박의 취업!

내 취업은 도고에게도 경사나 다름없었다. 내가 집을 비우자 도고는 스스로 요리를 해 먹기 시작했다. 귀찮음 베이스 노영양 식단으로부터의 해방이자, 요리하는 현실을 향한 무거운 한 발짝이기도 했다. 내가 배신감을 느낀 부분은, 도고가 정말 집 밥을 잘 챙겨 먹었다는 거다.

나랑 있을 때 요리를 안 한 이유가 정말 귀찮음이었는지, 도고는 야무지게 밥을 잘 차려먹었다. 도고가 채식주의자가 되고 난 후로 부모님이 보내 주신 나물과 장아찌 반찬을 접시에 덜어(락앤락 째로 먹지도 않았다. 덜어내서 설거지거리를 만들었다!) 인스타에 식단 올리는 사람처럼 밥을 먹었다. (진짜 비건이기는 하지만) 진짜 비건처럼!

'저건 얼마나 갈까?'

도고가 비건을 시작한다고 했을 때도 안 했던 생각이 정갈한 비건 밥상을 보니까 들었다. 자취생한테는 뭔가를 안 먹는 것보다 깔끔하게 차려 먹는 게 더 어려운 법이다. 도인처럼 불자처럼 밥을 차려 먹던(도인과 불자에 대한 편견이라면 사과합니다.) 도고였지만, 나는 도고가 자취생의 관성에 이끌려 인스턴트의 품으로 돌아올 걸 기다리고 있었다.

그리고 도고는 다시 인스턴트의 품으로 돌아왔다. 그 이름도 어마어마한 '채식 라면'에 이끌려. 자취생이 두 명이나 살고 있지만, 자취생 필수 구비 양식인 라면을 쟁여 놓을 수 없는 비건의 처지에 감읍하사 대기업에서 친히 동네 마트까지 입점의 손길을 내려 보우하신 덕분에 우리는 채식 라면을 맛볼 수 있었다. 비건 딱지가 붙었어도 라면은 맛있더라. 그게 문제였다.

라면은 떡볶이처럼 간단해서 좋았다. 집 밥으로 슴슴한 음식을 먹으며 다시 미각을 회복하던 도고는 중독자들이 으레 그러하듯 한 숟갈의 라면 국물에 기꺼이 혓바닥을 담갔다. 하루에 한 끼는 라면으로 먹었다. 비건이 된다고 해서 자취생의 자아가 사라지는 건 아니었다.

그때는 '정크 비건'이라는 말을 몰랐다. 식단에서 말 그대로 육류와 동물 부산물만 뺀 사람을 이렇게 부르는데, 이 논리에 따르면 반찬 없이 밥만 먹어도 비건이다. 맥도날드에서 감자튀김에 콜라만 먹어도 비건. 겨울에 귤만 먹어도 비건. 고기를 먹지 않는 건 같지만, 영양 고려 없이 고기만 안 먹으면 비건이라도 건강에 무리가 간다. 딱 밥 먹기 귀찮아서 빵, 과자, 인스턴트로 끼니 때우는 자취생이랑 똑같다.

정크 비건 도고와 안 그래도 회사를 다니면서 식습관이 무너진 이박이 만나 쓰레기 같은 시너지를 냈다. 같이 밥을 먹는 주말이면 우리는 꼭 라면을 먹었고, 뒤집어지는 얼굴과 자꾸만 올라오는 두드러기를 걱정하면서도 마트에 가면 어김없이 라면을 카트에 담았다. 비건이랑 같이 살면 건강해진다? 비건의 자아만큼이나 강하고 오래가는 자취생 자아를 얕잡아 보고 하는 말이다.

도고가 날 때부터 부지런한 게 다행이었다. 하루에 쓸

수 있는 양이 한정되어 있는 '나 추스르기 에너지'를 회사에서 다 쓰고 돌아오는 나와 달리, 도고는 집에서 그 에너지를 썼다.

"우리, 라면 끊어야겠어!"

도고는 인스턴트를 끊었다. 배달 앱도 삭제했다. 일주일에 한두 번씩 꼭 야식으로 비건 버거를 시켜 먹었는데, 그것도 끊은 거다. 냉동식품이랑 배달 음식 끊는 건 비건이나 자취생이 아니어도 대단하고 어마어마한 일이라는 걸 전 세계 사람들이 다 알았으면!

도고는 자기 식사를 다시 건강하게 바꿔 놨다. 더 건강하게 먹을 수 있는 채식 요리도 시도하고 있다. 나야, 회사 때문에 기본적인 식습관을 바꿀 수는 없지만 도고가 집에서 요리를 할 때마다 조금씩 얻어먹는다. 두부랑 소이 마요로 만든 두부마요 샌드위치는 매일 아침으로 먹고 싶을 만큼 맛있다.

주절주절 말이 길었지만 결론은 이거다.

"비건이 건강하게 먹는다는 말은 다 거짓말이야!"

그렇게 독하게 냉동식품과 배달 음식을 끊어낸 도고지만, 여전히 라면은 좋아한다. 사 두면 매번 그것만 먹을 걸 아니까 안 사는 것뿐이지, 4개입 채식 라면이 벽돌집에 들어오면 일주일 안에 사라진다. 내 주변에 비건은 아직 도고 한 명뿐이지만, 도고는 내가 아는 비건 중에 가장 인스턴트를 좋아하는 비건이다.

비건을 옆에 두고 '나도 건강해지겠지!' 하는 마음을 먹는 건 달리는 지하철 안에서 유튜브 뒤로 가기를 누르며 지하철이 뒤로 가기를 바라는 것만큼이나 부질없다. 굳이 바꾸고자 한다면, 비건보다는 부지런하고 자기 관리가 철저한 사람을 옆에 두는 게 낫다.

적어도 도고는 자신을 변화시켰지만, 나는 함께 변하지 않았다. 도고는 누군가를 변화시키기에는 그저 평균적으로 부지런한 사람일 뿐이고, 나는 그런 친구에게 감읍해서 나를 바꾸기에는 평균보다 더 게으른 사람이기 때문이다.

이제 둘 다 대학을 졸업하고 회사원과 프리랜서로 벽

돌집을 지키고 있지만, 여전히 자취생 유전자는 변함없이 우리를 구성하는 주된 성분이다. 어제보다 오늘이 덜 '정크'한 것에 만족하는 것. 그게 자취생 비건과 그 하우스 메이트의 길이 아닌가 싶다.

샐러드가 물리는 비건

다른 때면 몰라도 자취생은 주말에 요리하지 않는다. 요리는 일이다. 주말에는 절대 일하지 않는다. 그게 회사원 자취생의 철칙이다. 도고야 다를지 몰라도 이박은 그렇다. 그리고 도고도 적어도 싫어하는 눈치는 아니다. 물어보면 거절하지는 않으니까.

애초에 원래도 벽돌집에서 시켜 먹는 배달 음식은 다양하지 않았다. 둘 다 한 번 꽂히면 계속 먹는 성격이라서 그렇다. 집에서 떡볶이를 시켜 먹을 때도 배달 떡볶이를 먹었을 정도. 다만 도고가 비건이 되면서 안 그래도 넓지 않던 배달 음식 폭은 더 좁아졌다. 도고가 먹을

수 있는, 그리고 우리 집 주변에서 배달이 되는 음식은
이랬다.

베지테리언 샌드위치, 베지테리언 포케랑 팔라펠*, 베
지테리언 타코와 퀘사디아, 그리고 베지테리언 부리또,
그린 샐러드, 비건 버거.

도고 덕분에 나는 내 손으로 시켜 본 적도 없던 샐러
드를 먹기 시작했다. 매번 베지테리언 메뉴를 먹은 건
아니었지만, 도고가 비건이 되지 않았더라면 거들떠보
지도 않았을 채소 베이스 메뉴들이었다.

나는 채소를 좋아하지 않는다. 고깃집에 가서도 쌈은
안 싸 먹고, 밥상에서 먹는 유일한 채소가 쌀밥과 김치
일 때도 있었다. 그러니까 내가 비건 옵션 음식을 도고
와 같이 먹기 시작한 건 정말 비건 도고에 대한 배려에
서 우러나온 행동이었다. '샐러드? 누가 그런 걸 밥으로
먹어?'에서 '그래, 한 번 먹어 보자.' 하는 방향으로. 적어

---

* 병아리콩을 갈아 동그랗게 뭉쳐 튀긴 중동 요리. 콩 튀김 볼. 고로케
  같은 모양새에 미트볼 같은 맛이 난다. 콩고기보다 고기 메뉴의 맛
  에 가깝다. 중동 음식점이나 몇몇 샐러드 프랜차이즈에서 맛볼 수
  있다. 냉동식품으로도 판매한다.

도 비건은 좋은 취지니까 이걸 방해하지는 말아야지 하는 생각이었다. 그러니까 절대 배달비가 비싸서 같이 시켜야 했다는 그런 물질적인 이유가 주가 된 건 아니고.

다행이었던 건 생각보다 채소 메뉴들이 끔찍하지만은 않았다는 거다. 도고와의 식사는 어릴 때부터 이어져 온 편식 경험이 만든 채소 고정관념을 깨는 좋은 경험이었다. 양상추는 아삭아삭 달게 씹혔다. 비건 버거도 고소하고 맛있었다. 팔라펠이랑 후무스*도 도고를 따라 처음 먹어 봤는데 콩을 싫어하는 내 입맛에도 맞는 음식이었다. 집에서 먹을 수 있는 비건 음식 폭이 넓은 건 아니었지만, 못 먹을 음식은 없었다. 논비건에게는 나쁘지 않은 시작이었다.

확실히 하루 식사에서 채소 비중이 늘어나니까 더부

---

* 병아리콩을 갈아 만든 스프레드. 중동 식탁에 없어서는 안 될 음식이라고 한다. 고운 콩비지처럼 생겼는데 담백하고 고소한 맛에 살짝 산미가 돈다. 들어가는 재료에 따라 색과 맛이 달라진다. 팔라펠과 마찬가지로 중동 음식점에서 맛볼 수 있으며, 잼이나 버터처럼 사 두면 음식 활용도가 높다.

룩함이 많이 가셨다. 저녁 식사를 늦게 하면 가끔 새벽에 속이 쓰려서 깰 때가 있었는데 도고와 식단을 채소 위주로 바꾸면서 많이 좋아졌다. 용기나 그릇에 남는 기름도 없으니까 뒤처리도 간단해서 좋았다.

"이정도면 나도 채식인 되는 거 아니야?"

생각보다 채식 어렵지 않네? 겨우 주말 식사 채식하면서 설레발치던 시기였다. 그리고 섣불리 설레던 마음을 훅 가라앉힌 건 다름 아닌 도고였다.

"나, 그거 먹기 싫어."

주말 점심, 각자의 방 침대에 누워 고래고래 점심 메뉴를 정하던 때였다. 오랜만에 서브웨이 쿠키 세트를 먹어 볼까 했는데 도고가 싫다고 했다. 뭐, 오늘은 먹기 싫을 수 있지 싶었다. 그런데 다른 메뉴도 다 거부당했다.

"그러면 버거 먹을래?"

"싫어."

"샐러드는?"

"싫어."

"포케는?"

"샐러드랑 똑같잖아!"

"야, 포케에는 밥 들어가잖아!"

이런 식으로 다 거절당했다. 우리 집에서 시켜 먹을 수 있는 비건 옵션 메뉴 전부. 시간은 주말 공복으로 버틸 수 있는 마지노선, 오후 3시를 향해 가고 있었다. 고래고래 이어지던 대화는 이박과 도고의 목 건강을 위해 전화로 바뀌었다. 둘 다 밥 먹기 전까지 침대에서 일어날 생각이 없었던지라. 먹기 싫으면 다른 대안이라도 주면 좋으련만, 그거 말고는 도고가 먹을 수 있는 배달 음식이 없었다. 자기가 먹을 수 있는 음식 중에서 아무것도 먹기 싫다니! 결국 그날 점심은 이박표 떡볶이가 되었다. 점심 메뉴를 고르는 데 한 시간을 넘게 쓴 것도 부글부글 끓었지만, 자취 직장인을 주말에 주방으로 몰았다는 사실이 아주 큰 분노 포인트였다고.

결국 떡볶이 점심의 화두는 방금 있던 메뉴 선택이 되었다. 내 말은 이거였다. 아니, 니가 먹을 수 있는 게 그거 밖에 없는데 왜 그걸 안 먹는 거야? 다른 걸 먹는 것도 아니고! 그렇게 돌아온 도고의 대답은 아주 당연한 말이었다.

"난 이제 그거 다 질린단 말이야!"

도고랑 식단을 공유한다는 말에는 어폐가 있다. 같은 식당에서, 그러니까 비건 옵션이 있는 식당에서 음식을 먹더라도 내가 먹을 수 있는 음식과 도고가 먹을 수 있는 음식 가짓수에는 큰 차이가 있다. 부리또를 먹는다고 해도 논비건인 나는 소고기, 돼지고기, 치킨 등 온갖 가짓수의 부리또를 먹을 수 있지만, 도고에게 허락된 건 비건 부리또 뿐이다. 벽돌집까지 음식 배달이 가능한 비건 음식 전문점이라도 있었으면 좋으련만, 그런 식당은 없었다. 도고에게 있어 선택지는 일반 음식점에서 한두 가지씩 마련해 놓는 비건 옵션 메뉴 뿐이었다.

나에게 채식은 도고와 함께하는 저녁과 주말에만 있

는 일이지만, 도고에게는 매 끼니 선택이었다. 집에서 도시락을 싸 가지고 다니지 않는 한, 도고가 사 먹을 수 있는 음식 역시 우리가 주말에 시켜 먹는 음식과 다르지 않았다. 특별한 식당을 찾아가지 않는 한, 도고에게 허락된 음식은 늘 샐러드, 샐러드, 샐러드나 다름없었다.

그래도 채식을 한 기간이 늘어남에 따라 도고는 조금씩 다른 대안을 찾아 나갔다. 김밥집에 가서 햄이랑 달걀을 빼달라고 하면 비건 김밥을 먹을 수 있고, 쌈밥집이나 한정식 집은 반찬 가짓수가 많으니까 괜찮다고 했다. 그래도 도고는 작업하면서 동료들과 음식을 시켜 먹을 때가 많은데, 그때마다 비슷한 음식을 먹는 게 물린단다.

"적어도 집에서는 내가 먹고 싶은 음식 먹고 싶어."

한 번 더 심술을 부려 볼까 싶었는데 도고가 이렇게 말하니까 입을 다물 수밖에 없었다. 그래, 집에서는 하기 싫은 거 하면 안 되지. 집 밖에서는 참고 괜찮다고 해도, 벽돌집은 그런 공간이 되면 안 되지.

비록 우리가 온전히 똑같은 취향을 가진 사람이 아니

더라도 같이 사는 데 큰 문제가 없는 이유는 서로가 서로에게 맞출 수 있는 부분을 늘 찾아왔기 때문이었다. 딱딱한 바깥에서 누울 자리를 찾으려면 이곳저곳 몸을 구부려 꺾어야 하지만, 벽돌집의 우리는 서로의 편한 자세를 위해 누운 방향을 바꿔 줄 수 있다. 그게 같이 사는 사람의 매너이자, 친구 좋은 일 아니겠어? 게다가 똑같은 음식을 계속 먹는다? 음식이 주는 기쁨이 얼마나 큰지 아는 이박은 더 이상 이 문제에 대해 고집부릴 수 없었다.

물론 그래도 불평은 남아 있다. 진지하게 내는 짜증은 아니고, 장난 반 투정 반으로.

"나 말고 누구랑 자꾸 샌드위치를 먹는 거야? 대체 나랑 말고 누구랑?"

이렇게 저렇게 이야기는 해도 벽돌집에서 같이 식사를 할 때, 나는 메뉴 선택권을 도고에게 온전히 넘긴다. 그게 외부에서는 메뉴 선택권이 작은 도고를 위한 내 나름의 배려다. 그렇게 한 발 물러나면, 도고가 새로운 대안을 가지고 한 발짝 들어온다.

"내가 콩나물밥 해 줄게!"

즐겨 먹던 음식을 못 먹는 건 아쉬워도 도고랑 같이 식사를 하면 새롭게 접하는 음식이 많아진다. 사실, 샐러드나 팔라펠도 도고가 아니었으면 스스로 시도하지 않았을 음식들이다. 그래, 도고가 밖에서 많이 먹었으면 나도 밖에서 먹으면 되지. 그렇게 아쉬움을 달랜다. 나중에 도고가 이것도 질려 버리면 누구한테 이 음식을 전파해야 같이 먹을 사람을 만들 수 있을까, 고민하면서.

벽돌집을 울리는
냉동 만두

'정성'이라는 말에는 놀라운 힘이 있다. 웬만한 불호를 다 중화시켜 버린다. 모양이 못나도 정성 들여 만들었으니까. 마음에 썩 들지는 않아도 정성껏 준비했으니까. 하지만 정성의 여부가 호불호에 영향을 끼치는 건 객관적인 영역에 주관적 해석을 넣는 거나 마찬가지다. 냉정하게 말해서 효율적이지 못하다는 소리.

여기서 양심 고백을 하자면, 나는 그런 의미에서 비효율적인 사람이다. 기성품보다 내가 만든 거, 각 잡힌 선물보다 작은 핸드메이드, 여전히 문자보다는 전화를 좋아하고 분기별로 손편지를 쓴다. 아우터 한 벌 돈으로 털실을 사서 뜨개질을 하다가 던져 버리는 극단의 비효율러. 그게 바로 나, 이박이다.

그런 나에게 비건 하우스 메이트가 생겼다? 그리고 그 하우스 메이트가 집 밥을 시작한다? 비록 직접하는 요리는 귀찮았지만, 정성 들여 차려 주는 따끈한 밥상은 언제나 환영이었다. 몇 년간의 기숙사 생활을 겪으며 '집 밥'을 부르짖던 내게 도고의 요리는 목마른 사슴 곁에 나타나 준 샘물이었달까. 안 그래도 배달 음식을 줄여야지, 줄여야지 해 왔던 상황이니만큼 도고가 내민 요리 출사표는 썩 반가웠다.

다만 예상치 못했던 건, 도고의 자취 레벨이 이박보다 낮았다는 것. 그런 고로 도고는 이박보다 요리 경험이 없었다는 사실이었다.

요리의 시작은 잡곡밥이나 나물 같은 자연식이었다. 솔직히 둘 다 좋아하지는 않지만, 그래도 맛있게 먹었다. 좌우지간 내 노동력이 들어가지 않은 음식에는 군소리가 없어야 한다는 게 나의 지론이었기 때문이다. 가끔 시판 카레 블록이나 춘장이 베이스가 된 덮밥 음식은 정말 맛있었지만, 한 번 해 놓으면 몇 끼고 같은 걸 먹어야 하니 쉽게 물렸다.

원래도 요리를 많이 하지 않던 도고의 채식 요리 메뉴판에는 가짓수가 많지 않았다. 똑같은 음식을 짧으면 이틀에서 사흘, 어떨 때는 일주일까지 계속 먹으면서도 내가 군소리 하지 않았던 건, 비건이 가지고 있었을 무언가 사명감이 있지 않을까 생각했기 때문이었다. 그래, 비건은 환경에 이로운 거니까 이정도 불편함은 견뎌야지. 지금 와서 생각하면 바보 같지만, 그때는 그런 생각이었다. 그때의 내가 느끼기에 비건은 스님 같았다. 세상 모든 중생의 삶을 염려하고 걱정하며 이들을 위해 자신의 불편함을 감수하는. 그래서 우리는 의식이라도 하듯 집에서 만든 정성 들인 요리로 같은 음식을 계속 먹었다. 하지만 나는 도고 몰래 걱정했다.

"계속 이렇게 가다간 내가 못 버틸 거야"

당장 걸어서 5분, 뛰어서 2분 거리에 식당 거리가 있었다. 20분 걸으면 싸고 양 많고 자극적인 음식을 파는 대학로가 있었고. 적어도 집에서라도 비건 하우스 메이트와 함께 덜 육식적인 삶을 살고자 했지만, 먹는 기쁨이 삶의 이유 상위권에 있는 이박으로서 점점 한계가 오고 있음을 느끼고 있었다. 음식에 들어간 도고의 정성과는 별개로! 그리고 그 생각의 정점에는 만두가 있었다.

도고가 비건이 되기 전, 만두는 벽돌집 장바구니 필수품이었다. 우리는 만두를 좋아했다. 바삭바삭 군만두, 촉촉 물만두, 입 안 가득 왕만두! 출출할 때 꺼내서 에어프라이어에 넣고 돌리면 끝이었다. 간식으로는 한두 개가 적당하지만, 대여섯 개면 주말 한 끼가 뚝딱이었다. 원뿔원 냉동 만두는 늘 우리의 쇼핑 카트 밑바닥에 깔리는 원픽 메뉴였지만, 도고가 비건이 된 지금 벽돌집 퇴출 영순위가 되었다. 고기 없는 만두는 우리 동네 마트에 없었다.

그랬는데, 어느 날 집에 가 보니 에어프라이어가 밀가루 냄새를 뿜어내고 있었다. 도고는 배고프지? 물어보며 에어프라이어에서 익은 무언가를 꺼내 접시에 담았다. 손만두였다. 명절에 둘러 앉아 만드는, 만두피 속에 숟가락으로 소를 넣어 뾰족뾰족 꼬집은 뿔을 만든 손만두.

왜 테이블에 밀가루가 묻어 있나 했더니, 도고가 만든 채식 만두라고 했다. 만두피는 마트에서 사 오고 소는 도고가 만들었다고. 두부에서 물을 짜고 으깨 부추랑 섞어 간했다는 만두는 삼삼했지만, 먹을 만했다. 그동안 벽돌집에서 먹은 만두라곤 떡볶이에 따라오는 속없는 야끼만두뿐이었는데, 이만하면 업그레이드였다.

"만두 괜찮아?"
"오! 괜찮아."
"다행이다. 우리 종종 해 먹자."

그 종종은 생각보다 빠르게, 자주 벽돌집을 찾아왔다. 저녁에 퇴근을 하면 도고와 나는 만두를 빚었다. 끼니때가 되면 만두를 빚고, 배가 고프면 만두를 빚고. 김장 김치통 가득 만두소가 채워졌다. 강황을 넣으면 색이 더 예쁘지 않을까, 하는 도고의 제안에 우리의 만두소는 노래졌다. 내 속도 점점 노래지고 있었다.

끼니때마다 만두를 빚는 게 귀찮아지자 우리는 만두를 얼리기 시작했다. 테이블 가득 설날처럼 만두를 빚어

놓고는 밀폐용기에 담아 얼렸다. 얼린 만두를 꺼내서 에어프라이어에 돌려먹으면 냉동만두 느낌이 나겠지? 하지만 그건 완전히 실패였다. 만두피는 해동되면서 흐물흐물하게 녹았다. 찐득하게 눌어붙은 만두들은 서로 엉기고 찢어지고 난동을 피웠다.

'먹는 게 즐겁지 않아!'

도고가 샐러드에 질렸듯 나도 만두에 아니, 집 밥에 질려 가고 있었다. 물론 도고와는 경우가 다르다. 도고는 비슷한 베리에이션의 음식을 계속 먹는 것에 질린 거면, 나는 효율적인 식사가 하고 싶었다.

도고도 나도 정성을 다해 집 밥을 하고 있었지만, 우리는 자취 경력이 도합 1년도 안 되는 자취 새내기였다. 누군가의 정성이 들어간 음식이 소중하다고는 해도, 내가 만든 김치볶음밥이랑 엄마가 만든 김치볶음밥의 맛은 다르다. 요리하는 데 들어가는 시간까지도! 집에서 한 음식은 정성이 들어가지만, 만족감을 높일 만큼은 아니었다. 비효율 인간 이박의 입에서 이런 말이 나올 줄

몰랐지만, 정성은 이제 그만 됐고 효율적으로 식사 시간을 쓰고 싶었다. 맛있는 음식을 빠르게 먹기. 벽돌집 집밥으로는 이뤄낼 수 없는 것이었다. 적어도 그때 우리의 실력으로는 말이지.

결국 밀폐용기 바닥에 달리의 시계처럼 축 녹아 붙은 만두를 떼어 내던 날, 나는 도고 앞에서 입을 열었다. 이젠 사 먹는 음식이 먹고 싶어! 집 밥 말고 다른 거 먹고 싶어. 그 이유가 어떻든 요리를 하는 도고의 앞에서 '이제 그 요리 안 먹고 싶어' 하고 말하는 건 아주 어려운 일이었다. 그래도 입을 뗐다. 도고니까. 도고는 이해해 줄 것 같아서. 그리고 정말 도고는 내 마음을 이해해 줬다. 네가 먹고 싶은걸 먹어야지. 배달 비건 음식에 질린 도고를 위해 내가 한 발 물러났듯 도고도 나를 위해 한 발 물러났다. 먹고 싶은 걸 시키거나 사 와서 먹으라고 말이다.

지금 같으면 그 이야기를 아무렇지 않게 받아들였겠지만, 당시 도고는 갓 비건이었고, 나는 비건 도고를 조심스러워하는 하우스 메이트였다. 비건이 있는 집에서 논비건 음식을 먹는다니! 그건 싫었다. 내가 먹으면서 도고 눈치가 보일 것 같기도 했고, 말은 하지 않지만 도고가 내가 먹는 음식을 먹고 싶어 하면 그거대로 고문일 것 같아서.

그때의 우리가 선택할 수 있는 방법은 두 가지였다. 도고가 질려 버린 배달 비건 음식을 돌려가며 먹거나, 내가 질려 버린 집 밥을 해 먹거나. 배달과 집 밥이라는, 넓은 듯 좁은 선택지 사이에 갇혀 도고와 내가 고통받던 중 희소식이 하나 들려왔다.

"집 주변 창고 마트에 비건 냉동식품 구역이 생겼대."

주변이라고 했지만 현실은 대중교통으로 30분이나 걸리는 거리였다. 그럼에도 우리는 달려갈 수밖에 없었다. 냉동식품! 우리한테 없던, 하지만 꼭 필요한 조각을 찾으러 모험을 떠나는 기분이었다.

비건 냉동식품 종류는 많지 않았지만, 이박과 도고한테는 충분했다. 그 대부분이 만두였기 때문이다. 세 브랜드의 비건 만두를 한 팩씩 다 챙기고 나서야 우리의 장보기는 마무리 되었다. 빨리 만두를 먹고 싶어서 택시까지 타고 집에 들어갔다. 집에 들어가자마자 봉투를 뜯어 에어프라이어에 만두를 쏟았다. 온도를 맞추고 시간 다이얼을 돌리자 만두 냄새가 점점 방 안을 채우기 시작했다. 그리고 그 맛은? 사나이는 신라면이 울리고, 벽돌집은 비건 냉동 만두가 울렸다.

"비건 만두인데도 맛있는데? 확실히 대기업은 다르네."

우리가 빚었던 두부, 강황, 부추, 버섯밖에 들어가지 않은 흐물 만두로는 따라잡을 수 없는 감칠맛이 났다. 눈물이 핑 돌 정도로 그리웠던 맛! 비슷한 음식에 질린 이박과 도고에게 냉동식품은 전쟁통 구호 식품처럼 날아와 냉동실에 곱게 자리 잡았다. 절대 만날 수 없는 평행선 같았던 비건과 논비건의 음식 문제는 비건 냉동식품 코너라는 수직선 덕분에 만날 수 있게 되었다.

덕분에 냉동식품이나 인스턴트를 먹지 말자던 벽돌집의 다짐은 유보되었다. 건강한 벽돌집 프로젝트는 잠시 접어 두게 되었지만, 이박과 도고 모두 이게 좋은 결정이라고 생각한다. 적어도 둘 다 서로를 위해 준다고 참기만 하지는 않아도 되니까.

그렇게 벽돌집의 만두 담당은 대기업이 되었다. 치트키 같은 만두 덕분에 비건과 논비건의 동거는 순항하고 있다. 그럼에도 가끔씩 우리가 만들던 속 노란 만두가 떠오르는 이유는 아마 우리가 둘러앉아 만두를 빚으며 이야기를 나누던 시간 때문일 거다. 물론 그 시간이 마냥 그립지는 않다. 아직 그때는 추억하기에 너무 가깝고, 우리는 지금의 편리한 만두에 충분히 만족하는 자취생이기 때문이다.

당근, 싫어하지만 좋아합니다

나는 편식한다. 음식을 가린다는 말이다. 어른씩이나 되어서 반찬 투정을 해? 하면 맞는 말이라서 할 말은 없지만, 난 어른이니까 내가 먹고 싶은 대로 먹는다는 주의다. 안 먹고 싶은 건 걸러 낼 수 있는 자유는 지키고 싶다. 이젠 내가 먹는 음식은 내가 준비하고, 내 돈으로 직접 살 수 있는 어른이니까.

콩, 시금치, 당근, 미역, 다시마, 연근, 우엉, 애호박, 고사리 등등 내가 가리는 대부분은 채소다. 그것도 주로 학교 급식이나 한정식에서 흔하게 볼 수 있는. 그래서 입 짧은 어른이 되기 전, 입 짧은 어린이였던 이박에게 급식 시간은 고문과 같았다. 지금은 내가 먹고 싶은 걸 직접 고를 수 있지만, 그때는 아니었다. 그래서 가끔 이 박은 편식에 대해 안 좋게 보는 사람들과 밥을 먹을 때가 있으면 미리 선언한다.

"저 당근 안 먹어요."

그러니까 저한테 골고루 먹으라는 말 하지 마세요, 그렇게 말해 봤자 전 안 먹을 거예요, 제 마음입니다, 하는 뒷말은 안 해도 알아들었으리라 생각한다.

그래서 도고의 요리 재료가 다양해질수록 나는 채식과 멀어졌다. 채소 친화적인 도고는 여러 다른 재료로 음식 범위를 넓혔다. 쌀밥은 콩밥이 되었다. 카레가 끓던 냄비에서는 미역국이 김을 뿜었다. 채소 볶음에 애호박이 등장했다. 짜장밥에는 숟가락만 한 당근이 대여섯 덩어리씩 올라왔다. 도고가 만드는 비건 음식이 많아지면서 한 식탁 위 우리 둘의 거리가 점점 벌어지는 느낌이었다.

하지만 도고와 나는 식탁과 주방을 공유하는 사이다.

만약 둘이 다른 음식을 해 먹는다면 한 사람은 다른 사람의 요리가 끝날 때까지 기다려야 했다. 1번 요리사가 요리를 끝내는 게 다가 아니라 2번 요리사가 음식을 만들 수 있게 뒷정리까지 끝내야 한다. 그럼 2번 요리사의 기다림은 길어지고 1번 요리사의 음식은 미지근해진다. 따로 먹기야 가능하지만, 자취 효율이 떨어진다는 말씀. 게다가 직장인인 나보다 집에 오래 있는 도고가 늘 요리를 해 놓으니 피로에 지친 나로서는 주린 배를 잡고 피곤과 싸우며 기다리느니 투정하면서 밥을 먹는 게 낫다.

비록 비건의 요리 재료는 편식쟁이 논비건의 마음에 들지 않지만 도고는 좋은 요리사다. 요리에 손끝 하나 보태지 않은 손님이 불만을 쏟아 내도 그걸 다 들어 주기 때문이다. 난 이거 싫어! 하고 말하면 '왜 싫은데?' 하고 근거까지 찾아가면서. 그렇게 손님의 말에 경청하는 태도를 보여 주면 나 같은 블랙 컨슈머는 이때다 싶어 당신의 요리가 불호인 이유를 조목조목 이야기한다.

"난 이렇게 큰 당근이 카레에 들어가는 게 싫어! 익힌 당근에서는 달짝지근한 맛이 나는데 그게 밥이랑 안 어울려. 난 밥이 단 거 싫단 말이야. 그리고 으깨질 듯 말 듯 물컹거리는 식감도 싫어. 카레는 그냥 묽게 밥이랑만 섞이면 되지, 거기에 다른 질감이 들어가면 별로야. 그나마 아예 갈아서 카레랑 섞으면 몰라, 당근이 이렇게 숟가락만 하면 여지없이 입안 한가득 당근 맛만 나잖아."

"그래? 난 당근 맛 좋아하는데. 너 그런데 당근 스틱은 먹잖아."

"그건 생당근이잖아. 아삭아삭한 생당근은 괜찮아. 맛있어."

"당근 주스는?"

"그것도. 당근 풋맛 나서 좋아."

그렇게 긴 이야기를 나눈다고 해서 도고의 요리 스타일이 바뀌는 건 아니다. '그래? 난 왕 당근이 좋은데. 앞으로 내 카레에는 계속 넣으려고.' 하고 식사를 이어간다. 하지만 요리사와의 심층 대화를 나누다 보면 진상 고객은 깨닫는다.

'아, 내가 당근을 아예 싫어하는 건 아니네.'

얇고 길게 자른 생당근은 아삭아삭하고 달아서 간식으로도 좋다. 초장 찍어 먹어도 맛있고! 그렇게 도고와 대화를 나누고 나면 내 머릿속에 있는 '안 먹어' 리스트에 수정 사항이 생긴다. [당근]에서 [설겅설겅하게 씹히는 커다란 당근]으로.

그저 꼬장꼬장하게 조건만 덕지덕지 붙인 변화 같지만, 이건 어마어마한 거다. 당근을 안 먹는 사람에서 당근을 먹는 사람이 된 거니까. 돌멩이 섞여 못쓴다던 쌀을 키질해서 골라내듯, 재료 때문에 '맛없다' 꼬리표가 붙었던 음식 사이에서 사실은 내가 좋아하는 음식을 발견하는 거다. 내가 왜 이 채소를 싫어하는지, 어떤 형태의 채소를 먹는지를 곰곰이 곱씹어 보면, 싫어하는 채소를 맛있게 먹을 수 있는 방법을 찾을 수 있다.

매끈한 껍질 안에서 까끌한 분말 질감이 튀어나오는 익힌 콩이 싫었는데, 단팥처럼 콩껍질이 보이지 않는 앙금류는 먹는다. 그렇게 후무스와 팔라펠, 콩비지를 먹게 되었다. 특유의 비릿한 냄새를 풍기는 미끌한 바다풀은 싫지만, 바삭한 김은 먹는다. 그 방법으로 미역 튀김과 파래 부각을 벽돌집에 들여놓을 수 있었다. 연근과 애호박의 살강한 식감은 싫지만, 전과 튀김으로는 먹는다. 두 재료는 벽돌집 에어프라이어에서 물기 없이 바짝 조리된다.

여전히 나는 편식을 하는 이박이지만, 전보다 먹는 음식은 많아졌다. 전에는 '그걸 안 먹는다고?' 하고 이해받지 못하던 편식도 '그건 취향 문제지.' 하고 받아들임직한 기호가 되었다. 먹지 않던 음식을 먹게 된 이박에게도, 그런 이박에게 채소를 먹이는 도고에게도 윈윈이다. 이렇게 문제없이 먹으면서 옛날에는 왜 싫다고만 했지? 하고 생각해 본다면야 짚이는 이유는 있다.

요새는 안 그렇겠지만(만약 그렇다면 당장 없어져야 한다.) 내가 어렸을 때는 급식에 나온 반찬과 채소를 억지로 먹었다. 좀 말랑한 선생님이라면 '세 입만 먹자.', '급식판에서 한 종류만 남기고 다 먹는 거야.' 정도로 타협해 줬지만, 엄한 선생님은 잔반을 허락하지 않았다. 수련회에서도 급식판을 검사받고 잔반이 남으면 급식소를 나갈 수 없었다. 내가 해조류에 가진 가장 강렬한 기억은 수련회에서 미역을 억지로 삼키고 화장실에서 속을 다 게운 때였다. 물론 그 전에도 후에도 김은 늘 좋아하는 반찬이었고 엄마가 튀겨 주는 다시마 부각은 늘 맛있는 간식이었다. 하지만 열 번 잘해도 한 번 못하면 이미지가 바뀌는 것처럼 아무리 맛있는 음식을 먹었었어도 끔찍한 기억이 자리 잡으면 거부감이 생기기 마련이다.

게다가 학생 때는 지금처럼 다양한 음식을 먹을 수 없었다. 음식에 관한 대부분의 기억은 학교 급식소가 배경인데, 그곳의 재료는 모두 형태가 비슷했다. 시금치는 무조건 무침, 콩은 무조건 밥 아니면 콩자반, 애호박은 무조건 무침. 그렇게 12년을 먹다 보면 [시금치 맛=급식소 시금치 무침 맛]이라는 공식이 생겨 버린다. 그러면 시금치를 갈아 만든 카레는 도전 정신없이 시도하기 두려운 괴식이 된다. 그렇게 요리를 피해 도망다니다가 어른이 되어서야 그 맛있는 음식(시금치 카레. 시금치 카레. 시금치 카레!)을 맛보게 되면 지난 시간을 후회한다는 것도 모르고 말이다. 바보.

어쩌면 우리가 채소와 채식에 대해 가지는 '그거 맛없잖아!' 하는 편견은 우리가 공유하는 초중고의 강압적인 식문화에서 비롯된 게 아닐까 싶다. '골고루'는 있지만 '다양하게'는 없는 식판을 보고 자란 아이들이 그 흐물거리는 나물과 기력 없는 김치로 채워진 식탁을 떠올린다면, 채식에 거부감을 가지는 게 당연하니까.

채소와 이박 사이에 절대 무너지지 않을 것만 같았던 댐을 쌓은 나였지만, 그 댐은 비건 도고가 쓸고 온 채식과 채소의 홍수에 휩쓸려 무너지고 말았다. 그리고 다행스럽게도 지금의 나는 그 홍수 속에서 제법 탈 만한 흐름을 발견했다.

여전히 이박은 편식을 한다. 하지만 적어도 이젠 전보다 잘 안다. 내가 뭘 좋아하고 뭘 싫어하는지. 편식은 더욱 깊어졌지만, 오히려 더 다양한 채식 음식을 시도하고 즐길 수 있다. 어렸을 때 이 사실을 알았더라면 덜 편식하는 어른으로 클 수 있었을까? 비록 편식 안 하는 어른으로 클 기회는 이제 없지만, 다양한 음식을 먹는 어른이 될 기회는 충분하다. 나의 식탁은 편식으로 다진 채식 도전 정신 덕분에 한 뼘씩 넓어지는 중이다.

어른이 되어 유튜브를 보다가 우연히 오은영 박사님이 나오는 예능 클립 영상을 보게 되었다. 편식하는 아이를 어떻게 해야 할지 모르겠다는 질문에 박사님은 이렇게 답했다.

"억지로 음식을 먹이는 것보다 맛있는 것을 배불리 먹이는 게 중요해요."

음식 자체에 거부감이 있더라도, 그 자리가 행복하고 즐겁다면 아이들은 결국 식탁으로 돌아온다고. 그 말에 감명을 받아 고개를 끄덕이고 있는데, 영상에 찍힌 백만 단위 조회수가 눈에 들어왔다. 다음 세대 아이들은 나보다 편식이 덜하겠군. 내가 여전히 실천하지 못하는 '골고루 먹기'를 다음 세대 친구들은 꼭 해 줬으면 하고 기도했다.

아이들아, 부디 나보다 채소를 두려워하지 않는 어른으로 자라 줘!

채식 요리가 맛없다?
삐빅- 정상입니다

이박과 도고의 첫 채식 음식점은 인사동 골목길 안쪽 한식당이었다. 한국인보다는 외국인이 많이 찾는지 메뉴판에 영어와 한자, 일어가 병기되어 있었다. 식당 안 손님들도 우리 빼고는 다 외국인이었다.

도고는 비건을 시작하고 처음 하는 외식이었고, 새로운 음식 도전을 좋아하는 나는 쫄래쫄래 따라갔다. 우리는 신나서 채식 고추장 불고기와 돈까스, 양념치킨을 시켰다. 우리가 아는 음식들을 채식으로 먹으면 어떤 맛일지가 궁금했다. 맛이 똑같지는 않아도 새로운 매력을 찾을 수 있을까 기대하면서 우리는 수저를 들었다.

"음…."

　우리는 먹는 내내 말을 잃었다. 똑같이 질겅질겅했는데도 돈까스에 들어간 콩고기는 뻑뻑했고, 고추장 불고기에 들어간 콩고기는 흐물흐물했다. 양념치킨은 튀김옷이 너무 두꺼워 씹기가 어려웠다. 고기 뜯을 때보다더 강하게 물어뜯어야 뜯을 수 있었던 양념치킨 안에는튀김옷보다 연하고 약한 정체불명의 익힌 마늘색 채소가 들어 있었다.(마늘은 절대 아니었다.) 무엇보다 전체적으로 양념이 너무 맵고 짜서 원래 음식을 삼삼하게 먹던도고도, 남들보다 자극적으로 먹던 이박도 음식을 남겼다. 애초에 고추장 불고기랑 양념치킨이 한 메뉴판에 있는걸 보자마자 알아챘어야 했는데. 제발 그 식당을 방문한 외국인들이 한식이 다 그런 거라고 알고 가지 않았기를 바란다.

　음식을 계산하고 나가려는데, 식당 문 앞에 방문 연예인 사인을 붙이듯 채식을 하는 유명인 사진을 붙여 놓은걸 발견했다. 그중에 마이클 잭슨이 눈에 띄었다. 잭슨선생님. 선생님은 채식을 시작하면 이런 콩고기를 먹어야 한다는 걸 알고 계셨나요? 콩고기를 먹으면서도 채식이 즐거우셨나요? 신발장 앞에는 냉동 콩고기가 가득한 유리문 냉장고가 있었다. 설마 다른 비건 식당도 저 콩고기로 똑같은 요리를 하는 건 아닐까 싶어 불안했다.

가공된 비건 식자재로 가장 먼저 연상되는 건 콩고기가 아닐까 싶다. 콩고기를 처음 먹으면 실망할 수밖에 없다. 고기의 식감은 절대 아니니까. 내가 체험한 콩고기는 겹겹이 쌓아서 누른 유부 맛이었다. 어떤 콩고기는 먹을 때 지우개 씹는 느낌이 들기도 했다.

애초에 '콩으로 만든 고기'라는 게 말이 안 된다. 고기도 아니면서 콩'고기'라고 이름을 붙여 놨으니 고기 맛을 기대하고 먹는 게 당연한데, 그게 불린 유부맛이라면? 아무리 나 같은 유부 러버라도 당황스러울 수밖에. '고기'라는 말에 우리는 어떠한 맛과 식감을 기대하게 된다. 그게 느껴지지 않는다면 콩'고기'는 '고기'로서 맛이 없는 거다.

'비건을 시작하면 앞으로 고기 대신 이런 걸 먹어야 해요!' 하고 콩고기를 들이밀면, 과연 비건을 시작하는

데 도움이 될까? 인류가 수렵을 시작한 뒤로 쌓아놓은 수천수억 가지 고기 맛있게 먹는 법을 버리면서 말이다.

콩고기 외에도 조리 방식이나 형태를 설명하기 위해 기존 음식 이름을 차용하는 채식 요리가 많다. 채식 버팔로윙, 채식 치킨, 채식 함박 스테이크 등 고기류 이름을 넣는 요리가 자주 보인다. 그런데 고기 소비를 줄이기 위해 시작하는 채식인데 비건 요리 이름에 고기 메뉴 이름을 붙이는 건 좀 이상하지 않나? 비건이 고기 안 먹는 거야 당연한 건데, 이건 꼭 고기가 너무너무 먹고 싶은 사람이 대체 음식을 먹는 느낌이다.

대체 음식은 그걸 못 먹는 사람만 먹는 거고. 결국 이렇게 이름을 붙이면 고기를 못 먹는 사람들만 비건식을 먹게 되는 게 아닐까, 하는 게 내 생각이다.

사실 채식은 그 이미지만큼 맛없지 않다. 오히려 맛있는 음식들도 많다. 앞에서는 유부 겹친 맛이라고 잘근잘근 씹어 놨지만, 사실 난 콩고기가 싫지 않다. 유부를 좋아하거든.(첫 비건 식당은 특이 케이스였지만.) 콩고기를 잘

볶으면 젓가락이 자꾸 가는 고소한 반찬이 된다.

그래서 난 스스로 결론을 내렸다. 채식이 맛없다는 이미지를 만든 건 바로 몇몇 채식 음식의 네이밍이라고. 채식 음식이 비채식 음식보다 맛없을 거라는 생각은 논비건의 편견이지만, 논비건들이 비건식을 논비건식과 동일 선상에 놓고 비교하게 만든 데는 비건 요리의 이름에 문제가 있다.

애초에 주재료가 전혀 다른 요리를 같은 카테고리에 묶어 경쟁을 시킨 것과 마찬가지다. 알리오 올리오와 크림 파스타는 동일 선상에 놓일 수 있지만, 두부 스테이크와 티본스테이크는 비교 자체가 무의미하다. 애초에 둘은 다른 음식이니까.

비건식 발전을 응원하는 논비건으로서, 채식의 기존 이미지를 타파하는 데 힘을 보태고 싶다.(사실 이제 고기 요리 이름에 속아 비건식과 눈물을 함께 삼키고 싶지 않아서다.) 그래서 아주 간단하고 고급진 방법을 제안한다. 이름하여 호텔 레스토랑 코스 요리 작법.

'불린 콩에 버섯을 곁들여 빚은 찰경단'

콩고기 이름을 새로 지어봤다. 파인 다이닝에서 재료와 조리법을 요리 이름으로 구구절절 풀어놓는 걸 보고 생각한 방법이다. 주문할 때 어떻게 말해야 할지 몰라 머쓱한 목소리로 '이거랑 이거요….' 하고 손가락으로 가리키게 만드는 단점은 있지만, 재료와 조리법을 적은 덕분에 낯선 음식에서 대충 어떤 맛이 날지 상상할 수 있다.

들어가지도 않은 식자재를 연상시키는 것보다 먹는 사람이 어떤 음식을 먹을지 예상하고 주문을 하면 더 좋겠다. 싫어하는 재료(콩이나 콩이나 콩!)가 들어간 메뉴는 피할 수도 있고 말이다.

태어나서부터 채식을 하는 사람은 많지 않을 거다. 비건을 하면서도 아는 맛이 그리운 사람도 있겠지. 고기 메뉴 이름이 들어간 비건식은 그들을 위한 훌륭한 대체 음식일 것이다.

다만 채식이 채식주의자뿐 아니라 대중적으로 사랑받기 위해서는 그 이미지를 버려야 하지 않을까? 논비건은 '대체 음식'을 먹을 필요가 없으니까. 채식 요리를 좋아하는 논비건으로서, 채식이 맛없다는 이미지를 벗으면 소프트 비건이 훨씬 늘어날 거라고 확신한다. 고기를 먹든 채식을 하든, 맛있는 음식을 좋아하는 건 동물의 본능이거든.

내가 비건을
타락시켰어!

"맛있어…?"

"응. 맛있어. 너는?"

"나도… 맛있어…"

"그런데 표정이 왜 그래?"

"미안해서…!"

미안함에 고개를 들 수 없던 이박은 앞에 놓인 접시에 코를 박았다. 코끝에서는 새콤한 토마토소스와 고소한 도우향이 섞여 얼굴을 덮었다.

죽상으로 접시에 남은 피자 조각을 찍어 입에 넣었다.

콰삭! 씹히는 엣지 크러스트! 그 맛있음조차 미안했다. 푹 썩은 얼굴로 다시 피자 삽을 들었다. 그리고 피자를 내 빈 접시에 하나, 그리고 도고의 빈 접시에도 하나 올렸다. 도고는 내가 올려 준 피자를 썰어 입에 넣었다. 그리고 씹었다. 나는 그 모습이 보기 힘들어 다시 눈을 질끈 감았다. 그날 우리의 외식 메뉴는 피자. 그것도 우유로 만든 치즈가 뿌려진 논비건 피자였다.

생각보다 큰 불편함 없는 벽돌집이었지만, 나눌 수 있는 음식 폭이 줄어든 건 아무래도 아쉬움이 컸다. 맛있는 동네 맛집, 함께 가기로 했던 곱창집, 도고랑 갈 수 없는 곳은 다 나 혼자 갔다. 우리 동네는 다른 친구들한테 놀러오라고 하기 미안할 정도로 외진 탓이다. 다행히도 나는 혼밥에 거부감이 없었기에, 도고랑 살면서 내 혼밥 레벨은 정점에 달했다. 칼국수, 스시, 그리고 곱창까지.

이정도 혼밥 고인물 이박인데, 왜 도고랑 논비건 피자를 먹으러 갔느냐 한다면 거, 조금 쑥쓰럽다. 그 피자집은 이박 선정 혼밥 난이도 최고, 바로 대기 많은 SNS 맛집이었다. 사람들은 줄지어 차례를 기다리고 있고, 내부도 정신없는 그런 식당. 똑같이 대기를 하고 들어왔어도 1인석이 없는 곳이면 못해도 2인석에 앉아야 하는데, 그러면 느긋하게 먹는 게 눈치가 보인다. 먹는 속도가 느린 내 입장에서는 불편할 수밖에.

그 피자집도 사실 직장 동료들과 한 번 갔던 곳이었다. 다만 사람이 너무 많아서 피자를 먹지는 못했다. 안 그래도 맛있다는 이야기를 많이 듣던 곳이라 메뉴판을 보며 '다음엔 이거 먹어요.' 하면서 아쉬움을 남겼던 차였다. 나는 그 안에서도 초록색 'V'로 베지* 표시가 된 메뉴를 스캔했다.

"베지 메뉴에는 어떤 재료가 빠져요?"

비건 메뉴는 아니었고, 고기는 빠져 있지만 치즈는 들어 있는 '베지' 메뉴였다. 회사 동료들과는 언제 다시 올

---

* Veggie. 채식주의자(Vegetarian)의 줄임말로, 메뉴 앞에 붙으면 채식주의자가 먹을 수 있는 음식이라는 표시다. 보통 '고기 없는' 메뉴를 말하니, 그외 동물성 식품까지 먹지 않는 채식주의자라면 원재료 확인이 필요하다.

수 있을지 모르는 이 피자집, 이 정도면 도고랑 올 수 있지 않을까? 고기가 없으니까 한 번 찔러나 볼까? 한창 샌드위치 같이 안 먹어 주는 도고한테 찡찡거리던 시기라서 근거 없는 호기가 올라왔다. 그래, 내가 이거 하나 얘기 못 해? 그렇게 집에 오자마자 나는 도고한테 시원하게 내질렀다. 비록 좋다는 말을 들을 수 있겠단 기대는 없었더라도.

"야! 피자 먹으러 가자!"
"그래, 가 보자! 나도 궁금해."

그런데 도고가 흔쾌히 같이 가 보자고 했다. 난 분명히 비건 메뉴가 아니라고 이야기했는데! 혹시나 도고가 오해했을까 봐 거듭 되물었다. 거기 비건 음식점 아닌데 괜찮아? 베지 메뉴는 맞는데 비건은 아니야. 괜찮아? 너 치즈 먹어도 돼? 도고는 다 괜찮다고 했다.

그런데 그런 거 있지 않은가. 안될 줄 알고 내뱉었는데 주변에서 된다고 멍석 깔아 주면 마음 찝찝해지는 거. 당연히 안 먹겠다고 할 줄 알았던 도고가 피자를 먹겠다고 하니까 점점 불편해졌다. 너 그거 왜 먹겠다는 거야?

불편해지는 이유야 뻔했다. 내가 찔리니까. 그동안 도고한테 음식가지고 찡찡댄 일들이 한두 번이 아니었다. 왜 나랑 서브웨이 안 먹어 주는데! 하고 우는 소리부터 시작해서 나랑 카레 먹을 때는 애호박 넣지 말아 달라는 둥 민증 있는 사람이 했다기에 부끄러운 투정을 부려 왔다. 설마 그동안 내가 너무 투덜거려서 한 번 눈 딱 감고 먹어 주는 건가? 내가 그 정도로 불편하게 했나? 괜히 어깨가 움츠러들었다.

도고가 얼마나 비건을 엄격하게 생각하는지 옆에서 봐 온 만큼 나는 더 쪼그라들었다. 도고는 비건을 하면서 정말 좋아하던 음식을 여럿 포기해 왔다. 만두도 그렇고 피자도 그렇고. 비건을 시작하고 나서 도고가 피자를 아예 안 먹은 건 아니지만, 고기 없는 메뉴에 치즈를 빼고 주문해 왔다. 그동안 벽돌집에서 먹어온 피자는 반이 노랗고 반이 빨갰다. 노란 쪽은 치즈를 먹는 내 것. 빨간 쪽은 비건 도고의 것이었다. 고기 빠진 내 몫의 피자도 따지면 베지 메뉴였지만, 도고는 절대 치즈가 들어간 내 쪽 피자를 먹지 않았다. 그런 애가 치즈가 들어간 피자를 먹는다고? 내가 비건을 타락시켰어!

그렇게 피자를 먹으러 가기로 약속했던 일주일 뒤 주말이 되기 전까지 나는 끊임없이 도고에게 되물었다. 좋게 말해 되물음이지 지금 와서 생각해 보면 '너 이래도 그 피자 먹을 거야?' 하는 사상 검증에 더 가까웠던 것 같다. 도고 입장에서 보면 얜 뭐 하나 싶었을 거다. 같이 뭘 안 먹어도 난리, 먹겠다고 해도 난리. 자기가 먹으러 가자고 한 건데도 가자니까 부담스러워하는 이상한 논 비건 하우스 메이트가 답답했겠지. 기나긴 확인의 끝은 늘 도고의 일갈로 끝났다.

"그럼 먹지 마?"

그러면 이박은 꼬리를 내렸다. 어찌되었든 먹고 싶은 음식이었으니까.

그렇게 어려운 마음으로 온 피자집이었다. 그 앞으로 걸어오기까지의 마음이 너무 무거웠는데, 야속하게 음식이 나오기까지는 일사천리였다. 마침 대기도 하나 없어서 바로 앉아 메뉴를 골랐다. 분명 메뉴 옆에 파릇한 잎사귀 베지 표시가 되어 있는데도 그걸 가리키는데 손가락이 떨리는 기분이더라. 감자튀김과 버섯튀김이 연달아 나올 때마다 가슴이 조마조마했다. 그리고 드디어 등장한 피자는 그야말로 피자였다. 고기가 들어갔는지 아닌지는 모르겠고, 치즈가 덮여 나온 논비건 피자.

그렇게 먹고 싶던 피자였는데도 포크를 드는 게 어려웠다. 도고가 괜찮다고 했는데도 그랬다. 도고 입에 치즈가 들어가는 게 굉장히 큰 결심을 깨는 행동처럼 느껴졌고, 그게 나 때문이라는 생각에 버거웠다. 비건은 좋은 일인데 도고가 친구를 잘못 사귀어서 이렇게 되는구나. 도고한테도 없는 죄책감은 온전히 내 몫이었다.

그 와중에도 피자는 맛있어서 눈물이 날 것 같았다. 죽상이 되어서 피자 한 입 먹고. 도고 눈치 한 번 보고. 피자는 맛있으니까 꿀꺽 삼키고. 도고는 그 모습을 재미있어하다가는 끝내 또 빽! 소리를 질렀다.

"아니, 맛있으면 맛있게 먹으라고! 나도 맛있으니까!"

식사가 끝난 뒤, 도고는 자기가 먹는 음식에 미안해하지 말라고 나를 위로했다. 하지만 눈치가 보이는 걸 어떡해? 도고가 얼마나 독한 마음으로 단번에 육류 제품을 끊어내는지 봤으면서 고작 피자 먹고 싶다고 애를 이 식당에 데려오다니. 집으로 돌아가는 길에 도고한테 이 얘기를 주절주절 늘어놓았다. 그리고 도고가 정답을 내놓았다.

"나는 내가 먹고 싶은 거 먹을 거야. 신경 쓰지 마."

도고가 어떤 마음으로 비건을 시작했든 그건 도고가 결정하고 시작한 거다. 언제 끝내는 것도 도고의 자유고, 어떻게 비건을 유지할지도 도고의 마음이다. 그렇게 한 번에 고기도 끊은 애가 치즈 한 번 먹는다고 갑자기 비건을 그만두겠어?

그래도 도고가 하는 말이, 나 정도면 양반이랬다. 도고가 비건이라는 걸 알게 된 사람들 중 도고보다 도고가 먹는 것에 극성인 이들이 있다고.

"너 그거 확인해 봤어? 거기 우유 들어가."

"비건이면 그거 먹으면 안 되는 거 아니야?"

그 사람들은 비건이라는 이유로 도고를 단속한다. 니가 비건이라면 어디 한번 증명해 봐! 하는 마음일지도 모른다. 어쩌면 도고를 '도와'주는 자신이 조금이나마 비건에 이바지했다고 생각할 수도 있고. 도고는 자기 앞에 들이미는 도덕 잣대가 더 엄하고 따끔하게 느껴질 때가 있다고 했다. 속해 있는 거의 모든 무리에서 유일한 비건인 도고는 그렇게 관찰 대상이 되곤 한다.

하지만 도고도 사람인지라 비건 아닌 음식을 먹을 때가 있다. 정말 여의치 않을 때나 메뉴 선택권이 없을 때, 비건 음식은 없는데 하루 종일 먹은 음식이 없을 때. 그럴 때 도고에게 남은 선택지가 논비건식뿐이라면 도고는 논비건식을 먹는다. 마냥 굶을 수는 없으니까. 주문 실수로 비건 옵션이 빠진 음식이 나와도 도고는 먹는다. 도고는 비건이지만, 음식을 남겨 환경에 악영향을 주는 것 역시 경계한다. 도고는 채식 시작과 동시에 모든 육류와 가공품을 끊은 엄격한 비건이지만, 동시에 상황과 타협할 줄 아는 유연한 비건이다.

그리고 더해서, 정말 먹고 싶은 음식 앞에서 마냥 참지 않는 비건이다. 자신의 비건 생활을 길게 이어나가기 위한 당근이랄까. 다만 도고가 어떤 방식으로 비건을 하는지 아는 사람들 앞에서만. 꼬투리를 잡기 위해 눈에 불을 켠 사람 앞에서는 도고도 정말 깐깐한 비건이 된다. '나, 비건이에요!' 하고 온몸으로 외치는 비건 교과서처럼.

하우스 메이트인 내 앞에서는 그래서 더 편하게 먹고 싶은 음식을 먹었다고 했다. 나는 그것도 모르고 도고를 타락시키는 건 아닌가 전전긍긍해 왔던 거다. 내 옆에서 열심히 아이스크림 속 초코볼을 찾는 도고를 뻔히 보면서도! 하긴, 그렇게 범지구적인 결심이 고작 나 때문에 흔들릴 거라는 생각은 좀 자의식 과잉이기는 했다.

"고기가 안 들어가 있었으니까, 뭐. 나 피자 좋아하는 거 알잖아."

조심스럽게 피자 맛을 물었더니 맛있었다고 대답하는

도고. 그래도 오랜만에 새로운 피자를 먹어서 기분이 좋았다니 나도 안심했다. 다이어트에도 치팅이 있고 시험이 끝나면 학교가 빨리 끝나듯, 도고의 비건을 길게 이어나가게 하기 위한 잠깐의 숨통이었다고, 그렇게 생각하고 이 죄책감을 끝내기로 했다. 비건도 뭐 대단한 게 아니고 그냥 사람이니까. 앞으로는 자기가 먹고 싶은 거 먹는 도고를 보며 찔려 하지도 말고, 걱정하지도 말고 그냥 같이 먹어야지. 괜히 맛있는 거 앞에 두고 울지 말고.

도고는 '먹음'으로 스스로의 지향을 표현하는 비건이다. 가끔 본인의 다짐과 다른 음식을 먹게 된다 하더라도, 그게 도고가 바라는 바를 무너뜨리지는 않는다.(타락은 더더욱 아니고.) 앞으로 계속 비건을 이어갈 도고 옆에서 내가 해 줄 수 있는 건 회초리를 들고 단속하는 것도 언제 무너질까 전전긍긍하는 것도 아닌, 같이 밥을 먹는 거다. '먹음 표현'을 하는 도고와 함께 밥을 먹으면서 나는 '먹음 지지'를 보여 주려고 한다. 도고가 나랑 같이 있을 때 완벽한 비건이어야 한다고 스스로를 옥죄지 않을 수 있게. 도고의 마음대로 비건을 이어갈 수 있도록.

이날의 식사를 기점으로 도고와 식사를 하는 데 부담이 사라졌다. 도고와 밥을 먹는 게 불편한 건 아니었지만, '비건'과 밥을 먹는 일에 가끔 내가 더 극성인 때가 있었던 것이 사실이다. 식사 메뉴를 정할 때는 물론 비건 옵션을 찾는 게 당연하지만, 도고가 뭘 먹는지 뭘 먹어야 하는지 뭘 먹고 있는지는 내가 신경 쓰지 않기로 했다. 하긴 쟤도 어른인데, 어련히 알아서 먹겠지.

스님도 모기 잡으니까
비건도 잡는다

우리의 낡은 벽돌집에는 틈이 많아서 벌레가 자주 나온다. 겨울에는 그나마 낫지만 여름이 고비다. 바 선생님이랑 눈이 마주칠 때도 있고, 손가락 두 마디만 한 나방이나 돈벌레도 어디서 들어왔는지 모르게 출몰한다. 한번은 자꾸 무섭게 툭, 툭, 소리가 들리고 자꾸만 뭔가가 때리는 느낌이 들었는데 알고 보니까 검지손가락 크기의 귀뚜라미. 그때 소리를 너무 크게 질러서 처음으로 아랫집 주인집에서 전화가 왔다. 진짜 큰일이 난 줄 아셨단다.

난 벌레를 못 잡는다. 무섭다. 벌레를 치우려면 직간접적으로 나랑 닿아야 하는데, 그러느니 나랑 접촉이 없는 벌레 친구를 공포에 떨며 그저 지켜본다. 차라리 벌레가 어디로 숨는 게 낫다. 적어도 내 눈에는 안 보이니까. 그렇게 방 안에서 커져 가는 코끼리를 외면하는 게 내가 벌레를 대하는 스타일이다.

반면에 도고는 모든 벌레를 잡을 수 있다. 다리가 6개든 6개 이상이든 도고한테 적수가 못 된다. 그래서 나는 벽돌집에서 벌레를 보면 도고를 불렀다. 말이 부름이지, 비명이나 다름없었다. 하도 불러서 도고가 부르는 요령도 알려 줬다. 벌레가 나오면 자기가 놀라지 않게 차분하게 부른 뒤에 벌레의 인상착의를 설명해 달라고. 내가 도고에게 벌레를 신고하면 도고는 휴지로 벌레를 휘리릭 잡아서 변기에 내렸다. 역시 이박이 선택한 최고의 하우스 메이트다운 기개다.

다만, 도고가 비건이 되고 나서는 조금 변했다. 벌레를 잡으면서 스스로 혼란스러워하기 시작한 거다.

"난 비건이라 고기도 안 먹는데, 벌레를 죽이는 게 맞을까?"

도고의 혼란은 곧 이박의 위기였다. 벌레 잡아 주는 하우스 메이트가 없어지면 앞으로 벌레는 누가 잡으라고! 그래서 도고가 죄책감으로 스스로를 채찍질할 때마다 나는 도고 옆에 찰싹 붙어서 당근을 뿌렸다.

"야, 도고 덕분에 오늘도 벌레 걱정 없이 꿀잠 자겠다! 혼자 있었으면 계속 소리 질렀을 텐데 도고가 최고네. 집에 도고 없었으면 어쨌을까 몰라. 혼자 살았으면 벌써 집 버리고 울면서 도망갔다! 도고는 우리 집 지킴이, 최고의 하우스 메이트! 이박 선정 서울 최고 매력왕!"

그래도 도고가 힘들어하면, 나는 설득하는 방법을 선택했다.

"넌 우리 집을 지키고 있는 거야. 그러니까, 나라가 혼란할 때마다 죽창을 들고 일어서는 승병 같은 거야. 스님들도 살생 안 하고 고기 안 드시잖아. 그치? 그리고 요새는 에프킬라 쓰는 절도 있대."

그렇게 말하면 도고는 '그래?' 한다. 그래도 찜찜해 보인다. 업무에 회의감을 느끼면 능률이 떨어진다는 사실을 몸소 경험한 회사원의 입장으로서, 최고의 하우스 메이트를 위한 방법이 필요했다. 그래서 우리는 벌레를 방생하기로 합의했다.

사실 벌레를 방생하는 건 도고의 아이디어였다. 예전에 담장 밖으로 방생한 벌레가 다시 집 안으로 들어온 이후로(진짜 그 벌레였다! 두 마리가 들어왔던 게 아니라, 한 벌레가 두 번 들어온 거다!) 벌레를 죽이냐 살리냐에 대해 길고 지난한 토론을 해 왔다. 그 사건이 워낙 충격적이었던지라 벌레를 비닐봉지 안에 잡아놓고 방생과 변기 사이 줄다리기를 이어가던 우리. 승자는 도고였다. 최고의 하우스 메이트가 고민이 된다면, 내가 들어줄 수밖에.

대신 우리는 벌레를 더 먼 곳에서 방생하기로 했다. 벽돌집 코앞에 있는 동네천 고수부지 말이다. 집 밖에 풀어놨는데 집 안으로 다시 들어왔다는 건 그만큼 풀어준 곳 환경이 별로였다는 거니까 벌레가 살기 더 좋은 곳으로 니즈를 맞춰 준 거다. 설마 거기서부터 또 따라오지는 않겠지, 하는 생각도 있고.

여전히 도고는 벽돌집 벌레 담당이다. 여전히 도고는 벌레 잡기를 망설이지만, 이제는 죄책감보다는 귀찮음이다. 내가 하도 벌레를 못 잡고 벽돌집에는 벌레가 너무 많아서. 어떤 관계든 아쉬운 사람이 지는 거라서 나는 벌레가 나올 때마다 도고한테 살랑살랑 끼를 부린다. 잡아 주면 같이 방생하러 나갈게, 오는 길에 과자 사 오자, 하고.

단, 벽돌집에서 절대 살아나갈 수 없는 벌레가 있다. 모기다. 모기 잡는 스님이 있는 것처럼 도고도 모기는 잡는다. 불자도 비건도 아직 모기는 용서할 수 없나 보다. 나야 벽돌집 해충 박멸은 언제나 두 팔 벌려 환영이다.

비건도 편의점에서
과자 먹는다

도고가 비건을 하면 군것질도 아웃일 줄 알았다. 실제로 가공식
품 중 도고가 먹을 수 있는 게 많이 없기도 했다. 음식 앞에서 양
보는 없다 주의자 이박은 살짝 이 부분을 기대했다. 간식 한 입
만은 이제 없겠군! 그래도 치즈 분말이 새빨갛게 묻은 나초를
냄새 폴폴 풍기며 먹고 있자면 도고한테 미안하기도 했다. 그래
서 편의점 과자 매대에 가면 과자를 뒤집어보는 습관이 생겼다.
몰랐는데, 식품 성분표는 참 보기 편하다. 뭔지도 모르는 이상한
화학 감미료 이름 사이에서 육류 성분을 찾을 필요 없이, 아래
에 알레르기 유발 및 주의 식품 함유 유무가 쓰여 있다. 쇠고기,

우유, 달걀이 들어 있는지 아닌지를 성분표를 보고 쉽게 알 수 있다.

그렇게 도고와 나는 아무 가게나 들어가서 살 수 있는 비건 군 것질을 찾았다. 몇 개는 도고의 비건 친구들이 알려 줬고, 몇 개는 우리가 찾았다. 그리고 이번에는 집단 지성의 힘을 빌리기 위해 이렇게 공개적으로 우리의 비건 군것질 리스트를 공유하고자 한다.

아래의 비건 간식은 '비건' 딱지 붙지 않은, 대중적으로 구하고 먹기 쉬운 가공 식품 군것질거리다. 편의점이나 슈퍼 어디에서든 살 수 있다. 당장 먹고 싶은데 멀리 가서야 줄 서서 먹을 수 있는 거라면 너무 속상하니까.

– 농심 포테토칩

첫 번째는 감자칩이다. 생감자를 튀겨 파는 거니까 감자칩은 당연히 비건이 아닐까? 생각했는데 아니다. 양념된 감자칩은 대부분 시즈닝에 고기가 함유되어 있고, 의외로 플레인 맛에도 감칠맛 때문에 쇠고기 시즈닝이 들어가는 경우가 많다. 우리가 찾은 진짜 생감자칩은 농심 포테토칩이다. 대두는 함유되어 있다고 쓰여 있지만, 원재료는 감자랑 기름, 조미염뿐이다. 도고가 제일 즐겨 먹는 간식이다.

- 프링글스 오리지널

포테토칩과 마찬가지다. 감자에 밀전분, 쌀가루를 넣어서 만든 가공품이지만, 양념에 쇠고기가 들이지 않는다. 식탁 위에 한 통 까서 유튜브 영상 틀어 놓으면 앉은자리에서 뚝딱이다.(비슷하 게, 노브랜드 감자칩 역시 비건이다.)

- 브이콘

조금 더 감칠맛 나는 과자를 먹고 싶으면 브이콘을 먹으면 된다. 옛날 과자지만 요새 레트로 열풍을 타고 편의점 매대에 예쁘게 진열되어 있더라. 달짝하고 오독오독한 브이콘! 도고가 살 때는 옛날 과자 왜 사냐고 취향 무시했는데, 어느새 한 입만 더! 하면 서 달려들게 만드는 마성의 매력이 있다.

- 사또밥

부들부들 사또밥은 가루가 많아 손으로 먹기는 불편하지만, 우 유에 말아 먹으면 사르르 녹으니 그것만큼 손이 가는 게 없다. 다만 도고는 우유를 못 먹으니 아몬드 브리즈랑 먹는다. 맹맹한 아몬드 브리즈에 고소한 사또밥이 녹으면 사또밥을 다 건져 먹 고 남은 아몬드 브리즈도 딱 간이 맞아 호로록 마시기 좋다.

- 나초

치즈 시즈닝이 묻어 있는 도리토스나 도도한 나초는 내 최애 과
자지만, 도고는 절대 못 먹는다. 이건 대형 마트에서 파는 플레
인 옥수수 나초다. 모양도 다양하다고는 하는데 우리 동네 이마
트에서는 동그란 모양을 판다. 짭짤한 가루로 양념이 살짝 되어
있기는 하지만, 그냥 먹기에는 목 막힌다.

나초의 진가는 과카몰리와의 파트너십에서 나온다. 잘 익은 아
보카도에 토마토, 양파를 섞어 버무리고 소금, 후추, 라임으로
간을 하면 나초 도둑 뚝딱이다. 도고랑 나는 날 잡고 김장하듯
과카몰리 한 통을 만들어 밥처럼 먹는다. 그것도 3~4일밖에 안
가지만.

- 풀무원 정면

우리를 라면의 구렁텅이로 밀어 넣은 악독한 놈. 채소로 만들었
다고 자랑이라도 하듯 초록색 봉지를 뒤집어썼지만, 절대 비건
이라 홍보하지 않는 사악한 자신감. 그동안 먹어 왔던 채식 라면
을 비웃기라도 하듯 쇠고기, 우유, 달걀 성분 하나 없이 기성의
맛을 내는 우월함. 벽돌집 도고와 이박의 피부와 건강을 짓밟아
놓고도 자꾸 생각나게 만드는 중독성. 풀무원 정면이다.

– 스크류바 & 죠스바

이 둘을 함께 묶은 이유는 도고랑 내가 스크류바랑 죠스바를 같이 사기 때문이다. 이 두 아이스크림은 백이면 백, 우리 집 앞 편의점에서 2+1 행사 상품인데, 그래서 우리는 스크류바 3개, 죠스바 3개를 4개 값에 산다.

도고가 비건을 시작하기 전에, 우리는 새벽까지 놀다가 밖에서 아이스크림을 사 먹고 들어오곤 했다. 비록 도고가 고를 수 있는 아이스크림 수는 적어졌지만, 도고가 비건이 된 지금도 같이 아이스크림을 먹으러 나갈 수 있는 건 좋다.

– 배스킨라빈스 라즈베리 소르베

아이스크림을 사랑하는 우리에게 배스킨라빈스는 성지였다. 엄마는 외계인이랑 초코 나무숲에 들어 있는 초코볼을 골라 먹다가 싸우기도 했을 만큼! 기분 좋은 일이 있을 때마다 니가 사고 내가 사고 하면서 자동문 망가질 만큼 드나들었다. 도고가 비건이 되고 나서는 우유와 달걀 없는 아이스크림이 없어서 못 갔지만, 가끔씩 나오는 시즌 소르베 아이스크림에는 우유, 달걀이 들어가지 않는다. 그중 라즈베리 소르베가 특히 오래 보인다.

다른 메뉴보다 새콤한 맛이 튀는 소르베는 콘이랑 최고의 조합을 자랑한다.(배스킨라빈스 콘까지 비건인지는 모르겠지만, 나는 콘이랑 먹는다!) 빨리 녹는 단점이야, 호다닥 먹으면 없어지는 거니까.

벽돌집 간식 타임을 빛낼 군것질 가짓수는 줄었지만, 여전히 간식 타임은 즐겁다. 그래도 새로운 간식이 생기면 좋으니까, 이렇게 비건 과자 공개 수배를 한다. 늦은 밤, 편의점에 가서 언제든지 사 먹을 수 있는 간식을 찾아 주세요!

+ 그 외

사실 비건이 먹을 수 있는 과자에 조청유과도 포함된다. 다만 우리는 사 먹지 않는다. 논비건인 나도 비건인 도고도 좋아하는 과자는 아니라서. 그래도 혹시 이 정보가 필요한 사람이 있을까봐 이렇게 덧붙인다. 지금 이 글을 읽고 있는 당신께서 조청유과를 좋아하는 비건이라면, 주저하지 말고 편의점으로 달려가시길!

3부

논비건, 비건을
시작해 보겠습니다

#01

밤이 되었습니다.
채식주의자는 고개를 들어 주세요

내가 인턴이었을 때, 규모가 있는 관계사 식사 미팅을 따라간 적이 있다. 평소라면 맛집 콜렉터였던 과장님이 알아서 식당 예약을 하셨겠지만, 그날은 미팅 참여 팀원 전체가 함께 관계사 주변 식당을 검색했다. 관계사 대표님이 비건이었기 때문이다. 하지만 관계사는 서울 외진 곳에 있었다. 미팅을 진행할 만한 식당도 여의치 않은 거기서 어떻게 미팅을 진행할 만한 '비건' 식당을 찾을 수 있겠어!

결국 관계사에 가서 과장님이 대표님께 말씀을 드렸다. 비건 식당을 찾아봤는데 도저히 못 찾겠더라고요.

대표님은 자주 가는 식당이 있다며 우리를 안내했다. 바로 즉석 떡볶이 집으로.

인원이 많은 미팅이었기 때문에, 과장님과 부장님이 대표님과 한 테이블을 썼다. 대리, 사원 그리고 나 같은 인턴들은 따로 테이블을 잡았다.

"저쪽에서 하는 얘기 들려요? 대표님네 테이블은 떡볶이에 양배추랑 떡만 넣나 봐요."

대리님의 말에 테이블 모두가 경악했다. 어떻게 떡볶이에 어묵을 안 넣어요? 메추리알이 얼마나 맛있는데! 설마 치즈 추가도 못 하나? 양사간 미팅을 즉석 떡볶이 집으로 온 것도 충격이었는데, 심지어 토핑 없는 부실한 떡볶이를 먹다니. 팀원들은 경악을 금치 못했다. 저쪽 회사 직원들은 고생하겠다, 다른 회사 미팅에서도 채식주의자가 있다고 하면 이런 곳에서 미팅해야 되는 거야? 하는 이야기가 식사 내내 오갔다.

이미 도고랑 살면서 영양가 없는 떡볶이로 주말을 연명하던 나는 그저 웃기만 했다. 하하. 하. 하하…. 그리고 생각했다. 회사에 다니는 사람이라면, 특히 사회 초년생이라면 비건하기도 쉽지 않겠다, 하고.

"그래서 나는 회사에 채식한다는 얘기 안 했어."

채식을 하는 직장인 친구 하평. 동료들에게 채식 지향을 밝히지 않은 하평은 직장에서 주로 논비건 음식을 먹는다고 했다. 점심을 먹으러 간 식당에 채식 음식이 있으면 먹고, 아니면 그냥 고기가 들어간 음식을 먹는다고. 회사에 '저, 채식해요!'라고 했을 때 따라올 많은 질문과 식사 시간마다 생길 고민들을 생각하자니 그냥 안 하고 말지, 했단다. 사회 초년생인 나는 그 말에 고개를 끄덕일 수밖에 없었다. 비건과 함께 산다고만 했는데도 눈앞에서 어떤 질문과 이야기가 오가는지 이미 보고 말았으니까.

바쁜 업무 시간 중에 점심시간은 한숨 돌릴 시간 겸 동료들끼리의 정을 쌓는 시간이다. 같은 팀 사람들과 사담을 나누며 공통점을 찾고 가까워지는 시간. 동료들과

의 친목을 명목으로 회식을 강제하는 때는 지났지만,(지났지? 그렇지?) 그래도 점심은 함께 먹는 게 일반적이다.

회사를 다닌 지 얼마 되지 않은 사원급, 그리고 아직 입사가 확정되지 않은 인턴이라면 내가 먹고 싶은 메뉴를 먼저 말하거나, "저는 따로 먹을게요!" 하고 말하기 더 힘들 거다. 당장 논비건인 나만 해도 좋아하지 않는 생선찜 가게를 한 달에 두 번씩 꼬박꼬박 다녔는걸. 1년을 넘어 2년 차를 바라보는 회사원이 된 지금도 매번 팀과 식사를 따로 하는 건 조금 눈치 보인다.

함께 먹는 식사는 복작복작하고 좋지만, 모두의 기호를 반영하지는 못한다. 함께 식사를 하느냐 마느냐가 마냥 음식을 좋아하고 싫어하는 취향의 문제여도 답답하겠지만, 신념과 의지에 관한 문제라면 선택지는 양극단으로 나뉜다. 함께 먹지 않거나, 그냥 함께 먹거나. 동등한 선택지처럼 보이지만, 저울은 이미 한 쪽으로 기울어 있다.

실제로 도고도 회식으로 고깃집에 가면 빠지지 않고 함께 간다. 다만 고기를 먹지는 않고 채소에 밥을 먹거나, 밑반찬을 먹는다고 했다. 프리랜서 도고는 사람들과 고깃집에 갈 일이 많지 않은 편이라 이렇게 대처한다고는 하지만, 하평 같은 사회 초년생 직장인에게는 그러기도 쉽지 않을 거다. 결국 그들이 택하는 방법은 침묵. 그렇게 숨어 버리는 채식주의자가 결코 적지 않을 거다.

모르는 사람이 들으면 깜짝 놀랄 사실이 하나 있다. 한국 채식 인구가 무려 천만 명이라고 한다. 길을 걷다가 마주치는 다섯 명 중 하나는 채식주의자일 수 있다는 얘기다. 이박 인생 첫 채식주의자가 25년 만에 비건을 결심한 도고라는 점에서 그 이야기의 신뢰도에 의문이 생겼지만, 그만큼 채식을 결심하는 사람이 많다는 뜻으로 받아들였다.

그 천만 명이 모두 도고처럼 주변에 비건을 선언한 사람은 아닐 거다. 그 대부분이 하평 같은 사회 초년생일 거라고 나는 확신한다. 회사에서는 점심으로 돼지불백을 먹고, 집에서는 저녁으로 나물 비빔밥을 먹는 채식주의자. 고깃집 회식에 따라가 수저를 세팅하고 고기를 굽지만, 집에서는 콘플레이크에 두유를 부어 먹는 스파이 채식주의자! 사회에서는 가만히 숨어 있다가 채식을 할 수 있는 상황이 되면 마피아가 고개를 들 듯 스르르 채소를 꺼내는 소극적 채식주의자들이 모여 천만 채식인이 되지 않았을까.

사회 초년생 한 명의 목소리는 작지만, 채식인 천만 명의 목소리는 크다. 이들이 모여 채식인의 식사 자유를 이야기할 수 있다면, 더 이상 숨는 채식주의자는 없을 거다. 뭘 먹지 않을지, 그리고 뭘 먹을지 정할 수 있는 자유는 비록 거창하게 들리지 않을지라도 소중하고 중요하다.

나는 채식을 하는 도고와 하평이 그 취향을 존중받기를 바란다. 둘이 아무 식당이나 들어가도 각자 먹을 수 있는 음식을 고를 수 있기를. 다른 사람의 입맛에 맞춰 고기를 먹지 않아도 되기를. 내가 좋아하는 음식을 말할 때 누가 이유를 묻지 않는 것처럼, 친구들이 채식을 한다고 했을 때 이유를 함께 말하지 않아도 되기를. 그래서 도고와 하평의 목소리가 섞인 그 거대한 외침에 나도 조심스레 목소리를 보태 본다. 부실하다고 점심에 샐러드 안 먹는 팀원 여러분, 저는 생선찜보다 샐러드가 좋아요!

천만의 힘이 담긴 목소리가 나머지 대한민국 사천만에게 닿을 수 있기를 바라 본다.

02

비건 그렇게 좋은데
넌 왜 안 해?

    논비건과 비건의 함께 삶은 꽤 순조롭다. 다른 친구들이 그러하듯 투닥거리기도 하고. 새벽을 새며 이야기도 나누면서. 다만 어디 한 구석에 걸리는 뭔가가 늘 있었다. 눈으로는 보이지 않아도 온 신경을 손끝에 곤두세우고 쓸어내리면 느껴지는 거스러미처럼, 두렵게 만들지는 않아도 가끔 나를 불편하게 만드는 걸림돌이 벽돌집에 있었다. 도고는 눈치채지 못하더라도 적어도 내게는.

    나에게는 도고와 살면서 가지게 된 죄책감이 있다. 그 죄책감은 내가 고기를 먹는다는 것에서 기인한다. 도고와 살면서 이박은 그동안 교과서에서만 배우던 것을 직접 체험할 수 있었다. 고기가 우리 식탁에 올라오기까지 얼마나 많은 잔혹이 있는지, 환경은 얼마나 많이 파괴되는지. 그리고 그것이 어떻게 우리에게 돌아오는지. 도고가 하는 행동에 어떤 의미와 노력이 있는지 알고 있기 때문에 나는 누군가 도고가 '비건'이라서 쌓아 올리는 우려와 걱정을 무너뜨릴 수 있다. 도고는 지구와 동물에 '옳은' 일을 하고 있고, 나 역시 그 사실을 잘 알고 있으니까.

하지만 밖에서 도고의 비건이 옳고 좋은 일이라고 이야기할 때면, 속으로 그런 생각이 들 때가 있다.

'그걸 다 아는데 아직도 요구르트가 맛있어? 가식적이야.'

분명 도고가 비건을 시작했을 때 우리는 합의를 했다. 서로의 생각을 상대에게 강요하지 않기로. 누구가 옳다 그르다로 서로의 자유를 건드리지 않기로 말이다. 그리고 그 약속대로 도고는 나에게 무언가를 먹으라거나 먹지 마라거나 하는 강요를 하지 않는다. 정작 옳고 그름을 멍에 삼아 이박을 이리저리 끌고 다니는 건 나 스스로였다. 머리로는 아는 행동을 왜 실행에 옮기지는 않는지, 옆에 행동하는 친구가 있는데도 왜 함께하지 않는지. 그 걸림돌은 평소에는 의식도 못하는 곳에 숨어 있다가 가끔씩 방 중앙으로 굴러 나와 내 발을 걸었다. 그렇게 내 마음은 흔들렸다.

거기에 더해 외부 시선도 한몫했다.

"비건이랑 같이 살면 불편하시겠어요."

"아니요! 오히려 집에 있을 때 안 먹던 채소도 골고루 먹고 새로운 음식도 먹게 되어서 좋아요."

"그래요? 그러면 이박 씨도 채식주의자인가요?"

"아, 아니요. 저는 고기 먹어요."

"아… 그래요…?"

도고가 비건이라는 이유로 도고에게 들이밀어지는 엄격한 잣대와 마찬가지로, 나에게도 종종 이분법적인 선택지가 디밀어진다. 비건이랑 살면 불편하지? 안 불편해? 그럼 너도 비건 해야 하는 거 아니야? 비건이랑 같이 살면 비건이지? 우리가 먹는 음식이 달라도 같이 사는 데 아무런 문제가 없다는 건 애초에 그들의 고려 사항이 아니다.

'채식이 좋다면서도 넌 채식을 안 하네?' 하는 은근한 눈빛을 피하고 있자면, 미디어 속 극성 학부모를 마주한 기분이었다. '옆집 누구는 혼자서도 잘 한다던데 너는 왜 이 모양이야!' 하고 극성 학부모들이 자녀를 들들 볶듯, 나도 볶였다. '네 하우스 메이트는 비건을 잘 하고 있는데, 넌 비건 좋은 점을 다 알면서도 아직도 고기를 먹어?' 그럴 때면 미디어 속 자녀들처럼 나도 외치고 싶었다. '걔는 걔고 나는 나지! 비교하지 마!' 하고 말이다.

하지만 이렇게 말해도 나는 안다. 백번 채식의 좋은 점을 이야기하며 도고를 변호해 봤자, 그걸 말하는 내가 채식주의자가 아니라면 이야기 신뢰도는 떨어지는 게 당연하다. 내가 고기를 먹으며 죄책감을 느끼는 건 그 이유에서기도 하다. 함께 사는 내가 논비건이라서 비건 도고의 행동이 평가 절하 당하는 날들이 있기 때문에.

비건이 좋고 논비건이 나쁨을 논할 수 없음에도 내가 도고의 채식이 '옳다'라고 이야기하는 이유는 도고의 행동과 그 신념에 나 역시 동감하기 때문이다. 육식이 동물의 불행한 삶과 환경 파괴에 맞닿아 있다는 것은 우리가 학교와 다양한 매체에서 배워 온 사실이다. 어떤 이들은 이를 그저 남의 일이라 치부하고, 어떤 이들은 문제를 인식하나 받아들일 뿐이고, 어떤 이들은 행동으로 이 문제를 바꾸려고 한다. 나는 문제를 인식하지만, 받아들이는 사람이다. 이런 내가 행동으로 문제를 바꾸려는 사람을 비난할 수 있을까? 나는 도고를 다르다고 멀리하기보다는 곁에 두고 응원하고 싶다. 도고의 채식을 두고 나의 불편을 방패 삼아 무례한 이들 앞에서 내가 도고를 변호하고자 하는 이유가 이거다. 하지만 나 때문에 그 행동이 별거 아닌 문제로 치부된다면, 나도 비건을 해야 하는 걸까?

내가 비건을 하지 않는 이유는 내게 익숙한 음식들을 포기할 수 없기 때문이었다. 스트레스를 해소하는 데 있어 나의 음식 의존도는 굉장히 높다. 유튜브를 보면서 맵고 짜고 단 음식을 머리통만큼 쌓아 두고 비우는 게 유일한 스트레스 해소법일 때도 있었다. 내일 출근하기 위해 오늘 쌓인 응어리를 없애기 위해서는 당장 음식을 주문해 내 앞에 가져다 놓아야 했다. 배부름이 느껴지지 않기도 했다. 지금은 전보다 의식적으로 덜 먹기 위해 노력하고 있지만, 가끔씩 치미는 짐승 같은 허기는 이박이 직접 맞서기에 아직도 사납다. 도고도 그걸 알기에 산책도 함께 나가주고 퇴근한 이박과 수다도 떨어 준다. 하지만 종종 내가 배달 음식을 시키면, 그것 역시 받아 들여 준다. 내가 그렇게 음식을 먹는 이유를 알고 있기 때문이다.

아직 채식을 시작할 마음의 준비가 되지 않았다. 도고와 채식을 하고 식당을 찾아다니며 비건 음식을 먹는 것과 내 모든 식단에서 고기를 빼는 건 별개의 문제다. 내가 아는 유일한 비건, 도고는 비건 선언과 동시에 단번에 고기를 끊어 버렸다. 자연스럽게 내 안의 비건 이미지는 도고로 굳혀졌는데, 난 도고처럼 단번에 비건이 될 자신이 없었다. 언제 폭발해서 치킨 한 마리를 앉은 자리에서 해치울지 모르는데, 비건이라고 선언한 뒤에 고기를 먹으면 지금보다 더 죄책감이 클 것 같았다.

내 속에는 비건과 논비건 자아가 함께 산다. 비건 이

박은 이성의 편이고, 논비건 이박은 본성의 편이다. 비건을 해야 할 것만 같은 현실을 이야기하는 비건 이박. 그리고 이박의 안위와 마음을 걱정하는 논비건 이박. 이 둘이 줄다리기 하는 동안 나는 그 밧줄에 묶여 이리 휘청 저리 휘청하고 있었다.

"비건이 좋다면서 고기 먹는 위선자!"
"먹어야 스트레스가 풀리는데 그럼 일일히 따져?"

비건 이박과 논비건 이박이 벽돌집의 이박과 도고처럼 서로를 존중해 주면 좋을 텐데, 원체 쉽게 시끄러워지던 생각이고 마음이라 진정시키기 쉽지 않았다. 어쩌면 이 줄다리기가 나를 비건지향적인 삶과 더욱 더 멀어지게 만드는 건 아닐까, 고민이 깊어지는 시기였다.

물론 지금은 안다. 비건이 고기를 먹지 않는다고 해서 선한 것도 아니고, 논비건이 고기를 먹는다고 해서 나쁜 것도 아니다. 채식에는 여러 가지 상황과 상태, 결심이 얽혀 있기에 비건도 논비건도 각자의 생활을 강요해서는 안 된다. 내가 채식이 옳다, 맞다, 했던 건 사실 어느 정도 내 마음이 비건 이박에게로 기울어 있었기 때문이다. 하지만 당장 도고처럼 비건을 시작할 자신이 없었기 때문에 시작할 엄두를 내지 못했다. 도고처럼 단번에 고기를 끊지 못하더라도, 당장 먹는 음식에 변화를 주는 게 두려웠다. 그래서 '옳은 일'을 도고처럼 척척 해내지 못하는 스스로에게 채찍질을 했던 거다. 그때의 내가 아는 비건은 도고뿐이었기 때문에, 채식을 하려면 그렇게 해야 된다고 생각했다.

비단 비건에만 해당하는 일은 아니지만, 무언가를 시작하기 위해서는 무겁고 거창한 목표보다 작고 당장 실행 가능한 목표가 필요하다. 산 정상에 올라갈 때, 암벽을 타고 가는 것보다 등산로를 따라 걷는 게 더 쉬운 것과 마찬가지다. 물론 도고처럼 암벽을 휙휙 타고 올라가 정상에 도달하는 사람이 있기야 하지만, 나한테는 등산로로 천천히 걷는 방식이 더 맞다. 비록 내가 언제 채식에 발 들일지는 알 수 없었지만, 그렇다고 나를 너무 다그치고 싶지는 않았다. 억지로 하는 채식보다는 내가 할 수 있을 때 할 수 있는 만큼으로 시작하는 게 좋을 것 같았다.

덕분에 내 속에서 줄다리기를 하던 비건 이박과 논비건 이박은 잠시 휴전할 수 있었다. 내가 할 수 있는 뭔가를 찾기 전까지는 뭐가 옳고 뭐가 옳지 않고를 따지며 스스로를 괴롭히는 일을 멈추기로 했다. 비록 마음처럼 되지는 않을지라도!

03

천 명의 채식주의자에게는
천 개의 이유가 있다

하평에 관한 이야기를 조금 더 해 보고자 한다. 하평은 나의 고향 친구다. 간호사가 되어 일을 하다가 병원을 그만두고 잠시 고향에 내려와 있던 하평은 운 좋게 지역 보건소에서 일자리를 잡아 본가에 머무르고 있었다. 설이나 추석에 본가에 내려가면 나는 간간이 하평한테 연락해 함께 밥을 먹었다. 초중고 시절, 그리고 처음 사회생활을 하면서 느꼈던 것들에 관한 이야기. 비록 스무 살 이후로는 같이 보낸 시간이 적지만, 그 공백에도 어색하지 않게 함께 식사할 수 있는 친구가 바로 하평이다.

하평이 채식주의자라는 걸 알게 된 건 지난 설 명절이었다. 집에 내려갈 날짜를 잡고 하평과 점심 약속을 했다. 장소는 동네에 새로 생긴 양식당. 거기서 하평은 리소토를 먹겠다고 했다. 리소토 선택지는 세 개였다.

해산물, 새우 브로콜리, 버섯. 새우 브로콜리 리소토만 500원 더 비쌌고, 해산물과 버섯 리소토는 가격이 같았다. 하평은 메뉴를 보고 망설임 없이 먹을 걸 골랐다.

"나, 버섯 리소토 먹을래."

눈치도 없고 다른 사람한테 큰 관심 두지 않는 나지만, 요즘은 같이 밥 먹는 사람이 음식을 어떻게 먹는지 관찰하는 습관이 생겼다. 비건 도고와 살면서 생긴 버릇이다. 누구는 뭘 가장 먼저 먹는지, 누구는 어떤 음식을 남기는지 살피다 보면 말하지 않아도 그 사람이 어떤 음식을 좋아하고 싫어하는지 알 수 있다. 그리고 이 관찰 습관으로 채식하는 사람을 발견하기도 한다. 일종의 채식 레이더다.

그리고 하평의 메뉴 선택에 나의 채식 레이더가 발동

했다. 하평이 해산물을 못 먹지는 않았는데, 같은 값에 버섯 리소토를 먹는다고? 비록 리소토 소스는 크림 베이스였지만, 채식 레이더가 신호를 감지했다. 그래서 물었다.

"너, 채식해?"

맞아. 채식해. 그 말과 동시에 하평은 내가 만난 두 번째 채식인이 되었다. 뭐야, 왜 말 안 했어! 이야기 했으면 밑반찬 나오는 한식당이라도 찾았을 텐데…. 하평은 괜찮다고 고개를 저었다. 자연스럽게 그날의 대화 주제는 채식이 되었다. 그래도 채식주의자랑 좀 살아 봤다고, 나는 하평의 채식주의자 선언이 반갑고 궁금했다. 넌 왜 채식주의자가 된 거야?

하평의 채식은 본인을 위한 선택이었다. 회사를 그만 두면서 몸과 마음이 지쳐 있던 하평은 휴식기를 보내고 스스로를 관리할 필요성을 느꼈다고 했다. 하평이 말하는 관리는 깨끗하고 멋지게 단장하는 꾸밈이 아닌, 건강하고 규칙적인 삶으로의 정비였다. 매일 일어날 시간을 정해 놓고, 아침을 거르지 않고, 요가를 하고, 밖으로 산책을 다니고. 하평에게 채식은 그 루틴의 일부였다. 물론 평일 점심은 회사에서 먹느라 채식을 못 할 때가 많지만, 적어도 회사 밖에서는 자기가 정한 루틴을 지키고 있다고.

자기가 정한 선 안에서 자기가 할 수 있는 만큼 채식을 하고 있는 하평. 하평의 채식 라이프는 내게 채식하는 새로운 방법을 보여 줬다. 비건은 크고 확고한 신념이 있어야 시작하고 유지할 수 있는 거라고 생각하던 이박의 프레임을 하평은 깡깡! 두들겨 늘려 놓았다.

이전까지만 해도 내 삶에 있어 도고는 유일한 채식주의자였다. 자연히 '채식주의자'하면 도고를 떠올리게 되었다. 그렇게 도고는 이박도 도고도 모르게 이박의 채식주의 기준이 되었다. 그에 따라 이박에게 있어 채식주의는 비건 도고처럼 엄격하게 식단을 관리하는 생활이 되었다. 만약 도고처럼 못 할 거라면? 채식을 하는 의미가 없다, 싶었다.

그런데 내 삶의 두 번째 채식주의자, 하평은 도고와

출발점이 달랐다. 도고의 계기가 외부에 있었다면 하평의 계기는 내부에 있었다. 도고가 시작부터 비건으로 스스로를 다잡았다면, 하평은 플렉시테리언*으로 채식을 시작했다. 도고가 채식을 시작으로 동물권에 관심을 뻗치기 시작했다면 하평은 채식을 계기로 스스로의 육체를 가다듬기 시작했다.

채식이 가져오는 변화는 꽤 크고 무겁지만, 사실 채식은 단순하다. 고기를 먹지 않는 것, 동물로 만들어진 음식을 줄이는 것. 오늘 점심 메뉴 고민하는 것과 마찬가지로 채식 역시 기호가 될 수 있다.

천 명의 사람에게 천 개의 사연이 있듯, 천 명의 채식주의자에게는 채식을 시작한 천 개의 이유가 있다. 새로운 채식주의자 하평은 채식에 대해 마냥 무겁게 생각하던 내 시야를 넓혔다.

'이렇게도 채식을 시작할 수 있구나.'

---

* 채식 단계(p.48 참조) 중 한 종류. 채식을 할 수 있을 때는 채식을 하고, 그렇지 못한 경우에는 고기를 먹는다.

하평의 방식은 도고의 방식보다 덜 엄격했지만, 발 들이기는 더 쉬웠다. 채식은 채식이고 그 계기에 좋고 나쁨은 없다. 어떻게 시작하는 게 옳다 그르다 역시 없다. 세상에는 다양한 방식으로 채식을 선택하는 사람들이 있으며, 채식의 의미에 뿌리를 두지 않더라도 채식을 할 수 있음을 새삼스럽게 하평의 이야기를 들으며 깨달았다. 도고가 내게 비건을 하면서 생기는 변화를 보여 줬다면, 하평은 자연스럽게 채식주의에 발 들이는 방법을 보여 줬다. 둘 다 채식주의를 잘 모르던 이박의 눈을 틔워 주고 있다.

그리고 이 글을 쓰는 지금, 내 주변에는 채식주의자가 몇 더 생겼다. 접하는 채식주의자가 많아질수록, 채식은 무겁고 힘든 게 아닌, '한번 해 볼까?'싶은 가벼운 움직임이 된다. 앞서 말했다시피 내 주위 사람들도 채식을 시작한 계기가 모두 다르다. 건강 혹은 동물권을 생각한다는 기본적인 의미는 같지만, 채식주의에 대해 느끼는 무게감과 채식에 대한 감상은 상이했다. 하지만 각자 나름의 이유를 세우고 채식을 시작했기에 어렵지 않게 이어나가고 있다.

비건이 아니라는 이유로 이상한 죄책감을 가지고 있던 나도 조금은 자유로워졌다. '난 도고처럼 비건 못 해!' 하고 자괴감을 느낄 시간에 '내가 바꿀 수 있는 게 뭘까?' 하고 생각하게 되었다. 당장 비건을 시작하는 건 무리겠지만, 천천히 채식에 발 들이는 건 충분히 해 볼 만하다. 착 맞는 '이박 스타일 채식 라이프'를 찾게 된다면, 그때는 나도 천만 채식인 중 한 명이 되었다고 당당히 이야기할 수 있지 않을까?

치킨은 닭이다

직장인에게 배달 음식을 금지할 수는 없다. 요리는커녕 그릇 하나 꺼내기 힘들 정도로 기진맥진한 저녁에는 맵고 짜고 단, 남이 해 준 음식이 꼭 필요하니까. 정말 스트레스받는 날에는 기름과 캡사이신이 필요하다. 걱정은 보통 뱃속의 빈 공간에 자리 잡는데, 이걸 없애는 가장 쉬운 방법은 맵고 기름진 음식으로 위를 채우는 거다. 걱정은 지용성이라서 기름에 녹아 없어지기 때문이다. 그러니까, 맛있는 거 먹는 게 해결책이라는 거다.

보통은 회사 주변 식당에서 저녁 겸 야식을 해결했지만, 배달 음식이 먹고 싶을 때는 집에서 먹기도 했다. 보통 육류 음식이었는데, 도고는 비건이면서도 내가 집에서 어떤 음식을 먹든 신경 쓰지 않았다. 서로의 식생활에 관여하지 않기로 약속을 하기도 했지만, 회사에 다니면서 얼마나 스트레스를 받는지 알기 때문에 해 주는 배려였다. 다만 내가 육류 음식을 먹을 때, 도고는 방에 들어가 있었다. 냄새가 강하기도 하고, 먹는 걸 가만히 구경하고 있기에도 좀 그러니까.

때문에 벽돌집에서 야식을 먹을 때면 긴 테이블을 혼자 차지하고 먹곤 했다. 내가 한 번에 다 못 먹을 만큼 많은 양의 음식을 눈앞에 두고 어둑한 집 안에서 테이블 위 조명만 켜고 앉아 있으면 기분이 묘하다. 복작복작한 식당에 홀로 찾아가 혼자 식사를 하는 것과는 다른 느낌이다. 앞에 어떤 영상을 틀어 놔도 쓸쓸함이 밀려온다. 음식을 먹다가도 '피곤하다'를 시작으로 잡생각이 든다. 집에는 분명 사람이 있는데, 혼자 쓸쓸하게 밥을 먹다니. 하지만 방에 있는 도고를 불러올 수 없는 메뉴를 먹고 있으니 스스로 불러온 외로움이나 마찬가지다.

그렇게 치킨을 먹으면서 온갖 걱정 잡념을 그러모으

던 평범한 어느 날, 생각 꼭지가 먹고 있는 음식에 가닿았다. 뜨거운 치킨의 윙과 봉을 분리하려고 조금이나마 식은 양 끝을 잡아당겼는데, 말랑한 관절 때문에 치킨이 잘 분리되지 않았다. 관절이 펴지고 다시 수축하며 N자로 늘어나고 줄어드는 날개 부위를 보고 있자니, 새삼스러운 사실이 와닿았다.

"이거, 닭이네."

당연하게도 치킨은 닭고기로 만든다. 내가 들고 있었던 건 닭의 날개 부위라서 관절이 연결되어 있었다. 늘이면 늘어나고 줄이면 줄어들었다. 그렇게 윙봉을 늘였다 줄였다 늘였다 줄였다 하다 보니 날개를 퍼덕이는 닭의 이미지가 떠올랐다. 깃털을 날리며 퍼덕퍼덕 뛰어다니는 닭. 꼬끼오— 하고 우는 닭. 살아 있는 닭!

"치킨, 닭이네!"

다른 날이었으면 잠결에라도 하지 않았을 생각이었

다. 당시 워낙 지쳐 있어서 그렇게 생각이 튀어 버린 것일지도 모른다. 스스로에 대한 연민과 미래에 대한 불안 때문에 평소보다 감성적이었을 수도 있지. 하지만 중요한 건 그날을 기점으로 내 앞의 요리와 살아 있는 동물을 연결할 수 있게 된 거다. 고기가 원래는 살아 있는 동물이었다는, 너무나 당연하지만 쉽게 잊히는 그 사실을 찾았다.

치킨이 닭이라는 사실을 모르는 사람은 없다. 하지만 치킨을 먹으면서 살아 있는 닭을 떠올리는 사람은 흔치 않다. 나만 해도 눈앞의 맛있는 음식 때문에 그동안 아무 생각 못 했는걸. 닭 이미지는 기껏해야 건강하고 몸에 좋은 치킨 재료, 혹은 광고용 로고와 캐릭터 상품으로 소비된다. 닭이나 새 이미지를 쓴 치킨 로고나 캐릭터가 얼마나 많은지! 이렇게 살아 있는 닭은 눈앞의 치킨과 점점 거리가 멀어진다.

어쩌면 그건 당연한 일이다. 태어나자마자 도시에 사는 아이들에게는 살아 움직이는 닭보다 장바구니에 담기는 닭 정육이나 배달 주문 한 번에 집에 오는 치킨이 더 익숙할 테니까. 우리가 보고 먹는 고기 음식에는 동물의 형태가 남아 있지 않다. 해체되어 조리되고 꾸며진 음식과 동물을 연결시킬 수는 있지만, 어디까지나 그 동물은 '식자재'에 불과하다. 치킨의 재료를 닭고기가 아닌 닭이라고 말하는 모습이 이를 증명한다. 음식과 동물, 두 점이 너무 멀어져 버린 탓에 그 사이를 잇는 선이 희미해졌다.

몇 년 전, 닭볶음탕을 만드는 예능 프로그램이 있었다. 닭볶음탕을 만들기 위해 출연자들은 요리에 필요한 모든 식자재를 자급자족해야 했는데, 그 '식자재'에 포함된 닭이 이슈가 되었다.

출연진들이 재료로 '닭고기'를 자급자족하기 위해서는 닭을 키워야 했다. 이들은 그 과정을 부화기에서부터 시작했다. 병아리 때부터 키운 닭. 그 닭을 잡아 닭볶음탕을 만들기 위해 출연진들은 긴 이야기를 나누고 투표를 했다. 결국 닭 없는 닭볶음탕을 만들어 먹으며 프로그램은 끝이 났다.

예능이 만든 논란은 컸다. 예능 방영 전에는 어떻게

닭을 식자재로만 볼 수 있느냐, 방영 후에는 닭을 잡지 않은 게 위선이다, 하며 여러 사람들의 입방아에 오르내렸다.

그 프로그램이 방영할 때 본 건 아니지만 논란은 익히 알고 있었다. 그리고 뒤늦게 찾아본 그 프로그램이 나는 마음에 들었다. 내가 닭과 치킨을 연결했던 것처럼, 적어도 출연진들은 그들이 먹는 음식이 원래 살아 있는 동물이었다는 걸 알게 된 거니까. 프로그램이 음식과 동물 사이 두 점을 이었다는 사실에 나는 의의를 두기로 했다.

치킨이 닭이라는 새삼스러운 사실을 깨달은 후로 음식을 대하는 태도를 바꿨다. 우선 고기 선망을 버렸다. '닭'점에서 시작한 선이 '치킨'점으로 닿기까지 어떤 과정이 있었는지를 헤아릴 수 있게 되었기 때문이다. 식탁에 무조건 고기가 있어야 한다는, 이유 없는 집착을 차차 놓게 되었다. 또, 음식을 남기지 않기 위해 노력하게 되었다. '내 돈 주고 산 음식이니까 내 맘대로 버려야지.' 하는 마음 전에, 이 음식을 위해 희생된 동물을 떠올리게 되었다. 공장식 도축을 직접 보지 않더라도, 작은 병아리에서 느낄 수 있는 포근한 마음의 10%만 치킨에서 상기할 수 있다면 충분히 가능한 일이다.

그리고 무엇보다도, 비건 도고를 조금 더 깊게 이해할 수 있게 되었다. 고기를 먹지 않는 게 쉬운 일은 아니더라도, 이렇게 희생되는 동물을 조금이라도 줄일 수 있다면 가치 있는 일일 테니까.

물론 그날 이후로도 아직 나는 논비건이다. 치킨을 시키는 빈도는 줄었지만, 여전히 치킨 버거를 먹는다. 하지만 가끔은 그런 생각을 하기도 한다. '언젠간 나도 채식을 하게 될 것 같아.' 하고. 전에는 그저 도고가 하니까 나도 해야 하나? 하고 생각했다면, 지금은 내게도 채식을 시작할 근거가 생겼다.

당장 도고처럼 비건을 시작하지는 못하겠지만, 어떤 부분에서라도 발을 들이며 이 흐름에 동참하게 될 거고. 그 변화는 느리지만, 꾸준히 나에게 스며들어 올 거라는 생각이 들었다. 어쩌면 이게 나를 찾아온 우주의 신호가 아닐까? 아직 속단하기는 어렵지만 만약을 위해 귀를 활짝 틔워 두고 있다.

무의식적 고기 예찬을
멈춰 주세요

비건 도고와 여러 해를 살다 보니, 나도 자연스레 고기와 거리가 멀어졌다. 그러다 보니 과거의 나를 돌아보게 되었다. 고기라면 사족을 못 쓰고 먹느라 바빴던 과거의 이박. 그때의 이박은 왜 고기를 그렇게 열심히 먹었을까?

도고가 외식을 하려면 검색이 필수다. 밖에서 파는 음식 중 육류가 들어가지 않는 음식이 적어서 그렇다. '한국에서는 비건하기 어렵다(는 것도 사람 나름이겠지만).'는 말이 있을 만큼 식당 메뉴 중 고기나 생선이 들어가지 않는 메뉴는 손에 꼽는다. 채식인이 먹을 수 있는 메뉴가 아예 없는 곳도 있고. 그만큼 고기는 우리 식탁에서 떼려야 떼기 어려운, 흔히 쓰이는 식자재다.

그런데 논비건에게 고기는 특별한 메뉴이기도 하다. 우울할 때는 고기 앞으로 가야 하고, 소고기를 사 주는 사람은 사심을 품은 거니까 의심해야 한다. 치킨에 하느님을 붙여 치느님이라고 부르기까지! 채식인 입장에서 고기는 너무 많이 쓰이는 식자재지만, 비채식인 입장에서는 더 더 더 먹고 싶어 안달 난 메뉴다. 오죽하면 '뭐 먹을래?' 하는 질문에 '고기 먹자!' 하고 메뉴도 아닌 식자재를 댈까.

나름 이유는 생각해 볼 수 있을 거다. 사람의 입맛을 사로잡는다는 지방, 소금, 산. 고기는 그중 지방이 풍부하다. 거기에 본연의 간이 없으니 소금과 산으로 강하게 양념을 해도 어울린다. 딱 혀를 사로잡기 좋은 맛이긴 하다.

그런데 지금이 70년대나 80년대처럼 고기가 귀해서 못 먹는 시기는 아니지 않나? 먹고 싶은 사람이 있으면 먹는 거고, 먹기 싫으면 안 먹는 거지. 고기를 좋아하지 않는 사람은 이상한 취급을 하고, 왜인지 이유를 묻는 건 뭘까?

도고를 따라 채식을 하면서 굳이 고기가 없어도 맛있는 음식을 많이 먹게 되었다. 그러니까 자연히 고기의 효율성에 대해서 고민하게 되었다. 고기는 왜 특별할까?

고기가 투자 대비 열량이 안 나오는 식품이라는 건 잘 알려진 사실이다. 동물 사육을 위해 밀리는 삼림과 도축장 농장을 짓기 위한 재원들. 동물을 키우고 먹이는 데 드는 곡식들과 부산물 처리를 위한 비용. 그리고 커다란 탄소 발자국*까지. 사실 굳이 그렇게 큰 단위로 생각하지 않아도 고기는 효율이 떨어진다. 자취생이 보증한다.

우선 다른 식자재에 비해 비싸다. 채소는 사면 양이 많아서 버리는데 고기는 없어서 못 먹는다. 요즘 우유나 달걀 비싼 거야 큰일 난 상황이고. 밖에서 사 먹는 음식이라면 물가가 고만고만하니까 금액 차이가 적다고 해

---

* 개인 또는 기업, 국가 등의 단체가 활동이나 상품을 생산하고 소비하고 폐기하는 전체 과정을 통해 직/간접적으로 배출되는 온실가스(특히 이산화탄소)의 총량. 육류에서 비롯되는 탄소 발자국은 평균적으로 채소나 과일 탄소 발자국의 10~50배라고 한다.

도, 집에서 먹는 거라면 같은 값으로 살 수 있는 고기 양이 현저히 적다.

그리고 맛있게 먹을 수 있는 타이밍도 짧다. 생고기는 금방 상하니까 얼리거나 빨리 먹어야 한다. 조리를 해도 식으면 기름이 굳어서 뻑뻑하고 맛이 없지. 그 대단한 치킨도 식으면 다르게 조리를 해서 먹어야 할 정도로 첫 맛이 안 남는다. 다른 음식도 식으면 맛은 처음보다 떨어지지만, 고기는 그 차이가 특히 심하다.

게다가 처리는? 도고가 논비건일 때에도 벽돌집에서 고기를 잘 먹지 않던 이유가 여기에 있다. 물에 넣고 삶거나 하지 않는 이상 굽거나 튀기면 기름이랑 냄새가 사방에 퍼진다. 고기를 한 번 구워 먹고 나면 반나절은 환기를 해야 집에서 냄새가 빠진다. 주방 옆에 옷방이 있는 벽돌집은 그 문제가 더 심각하다. 오래된 집이라 벽도 나무에다가 문도 꽉 닫히지 않아 고기 기름 냄새가 아주 은은하게 오래간다. 고기 냄새란 자고로 먹을 때는 그만큼 당기는 게 없지만, 다 정리하고 나서는 그렇게 역할 수가 없다고.

본인을 육식주의자에 고기 러버로 지칭하던 이박이지

만, 채식을 좀 해 보니까 고기에 대한 객관성을 찾았다. 전에는 척추에서 반사하듯 '맛있는 음식은?' 하는 질문에 '고기!'라고 대답했는데, 요새 생각해 보니까 이건 어디서 학습된 대답이 아닐까 싶기도 하고. 진짜 맛있고 좋아하는 음식을 떠올려 보면, 고기 중에서는 오리 주물럭이나 양꼬치 정도? 나머지는 그냥 오랜만에 먹어서 반갑다 정도지, 딱 생각날 만큼 맛있었던 고기는 아직까지 몇 없었던 것 같다.

그래도 아직은 고기를 찾는다. 특히 회사에서는 고기, 고기, 노래를 부른다. 왜냐하면 회사에서 회식 때 갈 수 있는 가장 비싼 식당이 고깃집이거든. 다 같이 둘러앉아 회사 일 말고 재미있는 이야기를 도란도란 나눌 수 있는 자리. 우리끼리 으쌰으쌰해서 좋은 결과를 낸 기념으로 갈 수 있는 자리. 지금의 한국에서는 그런 곳이 '고깃집'이라는 고정관념이 생긴 것 같다.

고기에는 그 원형의 것에 비해 너무 큰 가치가 걸려 있는 건 아닐까 하는 생각이 든다. 이 가치는 70~80년대 고기를 쉽게 접할 수 없었던 시대에 만들어진 것이 아닐런지? 그 먼 옛날 아버지가 사 오신 시장 통닭 감성이랄까.

먹는 양이 많은 사람들이 식단 조절을 할 때, 몸에서는 가짜 배고픔을 만든다고 한다. 내 몸에 필요하지는 않더라도, 몸에 익숙한 만큼의 칼로리를 얻기 위해 신체를 배고픈 것처럼 속이는 거라고.

아! 고기 먹고 싶다! 하는 습관성 문장도 '가짜 고기고픔'이라고 생각한다. 왜냐하면 비건 도고와 함께 산 지 어연 4년 차, 이제 주말에 집에 있으면 삼겹살 생각이 나지 않기 때문이다.

혹자는 이렇게 생각할 수도 있겠다.

"아니, 고기 좋아하는 사람 존중 안 해 줘? 눈치 주는 거야?"

오해는 하지 말아 주셨으면! 고기를 먹지 말자는 얘기는 아니다. '고기가 맛있다'라는 고정관념을 한번 되돌아보자는 취지다. 애초에 나도 논비건인걸.(그리고 육식은 그동안 지나치게 존중받아왔다고 생각한다. 동물과 환경,

심지어 같은 인간까지 육식 뒤에 가려져 있으니.)

　아무튼, 나는 이제 고기에 대해 객관적이다. 내가 먹고 싶을 때만 고기를 먹고, 아닐 때는 먹지 않을 거다. 선택지가 없을 때, 무의식적으로 나를 고기 앞으로 이끄는 고정관념을 이제는 벗어야 할 때다.

채식한다면서
세제는 왜 바꿔?

종류가 다양한 채식주의 중에서도, 비건은 가장 엄격하다. 크게 고기, 유제품, 난류를 못 먹는다고 하지만, 비건이 먹지 않는 건 더 많다. 동물 부산물이 생각보다 다양하기 때문이다.

배스킨라빈스 블랙 소르베도 비건 아이스크림으로 홍보했지만, 엄밀히 말하면 오징어 먹물이 들어갔기 때문에 안 된다. 꿀벌 노동으로 만들었기 때문에 꿀도 안 된다. 젤리의 주재료인 젤라틴도 동물 부산물이라 안 된다. 와인 발효 효소도 동물성이라 비건 와인이 따로 있다고. 동물이 들어가지 않는 가공 식품은 정말 적다. 이렇게 엄격한 비건인데, 이게 끝이 아니다. 비건 너머에는 비거니즘이 있다. 비건이 식생활에 있어 동물 소비와 착취를 거부한다면, 비거니즘은 그 거부 범위를 삶의 전반으로 확대한다. 가죽과 동물 실험 등 직접적인 동물 착취 뿐 아니라, 환경 오염과 서식지 파괴 등의 간접적 동물 학대까지 고려하는 움직임이기 때문에 환경주의와도 맞닿아있다. 비건 도고의 다음 스텝이 비거니즘이 되는 건 당연한 수순이었다. 당시의 나는 그 사실을 몰랐지만.

한창 채식이 만만해 보이는 시기였다. 채식 노출도가 높아지니까 풀때기가 맛없다는 편견도 없어졌고, 비건 빵도 즐겼다. 시리얼과 먹는 우유는 아몬드 브리즈로 대체할 수 있고, 함께 있는 주말에는 도고와 식단을 맞췄다. 회사에서도 가끔은 샐러드를 먹었다. 식단 선택지에 채식을 추가하는 건 그리 어려운 일이 아니었다. 나는 먹기를 즐기는 사람이고, 채식은 생각보다 맛있었다.

완전한 비건이나 채식인이 된 건 아니지만, 매일 고기고기 노래를 부르던 대학생 때와 비교하면 장족의 발전이라고 할 수 있지! 이 정도면 논비건 치고는 비건이랑 같이 잘 사는 거 아닌가? 나도 나름 지구 살리기에 일조하고 있군, 하는 그런 안일한 생각을 하고 있었다.

"옷도 비건 제품이 있다는 거 알았어?"

하루는 도고가 그랬다. 마침 겨울이 다가오는 시기라 가죽으로 된 가방과 신발, 옷이 자주 보이는 때였다. 올 블랙 착장을 만들고 싶다며 새까만 신발을 찾던 도고는 가죽을 쓰지 않은 비건 신발을 구매하기로 했다.

나는 도고의 결심에 고개를 끄덕끄덕해 줬다. 동물권을 생각해서 비건을 시작한 건데, 동물 가죽으로 된 신발을 신는 것도 웃기니까!

"비건 화장품을 써 보려고."

도고가 처음 보는 화장품을 가져왔다. 동물성 원료를 빼고 동물 실험도 거치지 않은 거라고 했다. 도고의 결심을 나는 이번에도 응원했다. 그 끔찍한 동물 실험을 거치지 않은 것도 좋았고, 화장품이 순한 것도 좋았다.

그날 나는 도고가 손등에 짜 준 비건 에센스를 바르며 생각했다. 도고처럼 내 화장품을을 비건으로 바꾸는 것도 괜찮을지 몰라. 하지만 그때의 나는 도고가 사 온 화장품 패키지가 종이팩이었다는 것에서 그다음 스텝을 읽었어야 했다.

"우리 주방 세제, 비누로 바꾸자."

이미 우리는 동물 실험 없는 세제를 쓰고 있었지만, 그다음 주방 세제를 찾고 있었다. 이왕이면 과일도 닦아 먹을 수 있을 만큼 순한 걸로. 그때 도고가 주방 비누를 구해 왔다. 말 그대로 주방 식기에 쓰는 비누였다.

도고는 세제 비누의 장점을 줄줄이 설명해 줬다. 그냥 세제보다 성분이 강하지 않아 맨손으로 설거지할 때도 지금보다 덜 따가울 거고, 과일을 씻어도 괜찮다고. 액체 세제보다 양 조절하기도 편하고 무엇보다 플라스틱이 덜 나와서 환경적이라고. 정말 도고가 가져올 만한 아이템이었다. 이번에는 쉽게 대답을 할 수 없었다. 아무리 도고의 비건을 응원하는 나였지만, 귀찮음이라는 장애

물이 생각보다 크고 무거웠다.

비누가 순하기는 하지. 그런데 굳이 주방 세제를 비누로 써야 해? 마트에서 팔지도 않아서 매번 주문해야 하는데? 또 설거지를 할 때마다 손으로 하나하나 거품 내서 해야 한단 말이야? 애초에 서로의 생활 습관은 터치하지 않기로 했잖아. 그럼 공용 물품은 바꾸면 안 되는 거 아니야?

마음은 혼란스러웠지만, 눈앞의 도고한테 당장 답을 줘야 했다.

"그런 게 있구나. 일단 쓰던 세제 다 쓰기 전까지 고민해 보자. 더 좋은 걸 찾을지도 모르잖아?"

마침 주방 세제는 한 통이 더 남아 있었고, 우리는 둘다 긴 여행으로 집을 비우기 직전이었다. 덕분에 벽돌집 세제 생활은 수명을 조금이나마 더 연장할 수 있었다.

음식을 채식으로 바꾸는 일과 생활용품을 비건으로 바꾸는 일. 이 두 가지는 비건 도고에게는 같지만, 논비건 이박에게는 다른 일이었다. 음식은 끼니마다 바꿀 수 있지만, 생활용품은 한동안, 어쩌면 평생 써야 하는 거니까. 음식을 먹는 데는 귀찮음이 없지만 생활용품이 바뀌면 불편하기도 하고.

환경 문제 심각한 건 당연히 알고 플라스틱 쓰레기 많이 나오는 것도 아는데 바꿔야 하나 싶었다. 벽돌집 주방 세제를 비누로 바꾸는 게 망설여지는 건 순전히 귀찮음과 불편함 때문이다. 그것도 안 겪어본 거니까 내가 상상해서 만든 귀찮음, 불편함. 바로 그거.

도고가 채식하는 거야 내가 다른 게 먹고 싶을 때는 식사를 따로 하면 되는 거고, 도고가 사용하는 물건들을 비건으로 바꾸는 것도 응원한다. 하지만 나랑 같이 사용하는 공동의 영역까지 바뀐다니, 도고가 내게 한 말은 제안이었을 뿐이었는데도 거절할 생각이 먼저 들었다.

"샴푸도 샴푸바로 바꿔 볼래?"
"음, 우선 쓰던 것부터 마저 비울까?"

그래서 도고가 생활용품을 대체하자고 할 때마다 조

용히 말을 돌렸다. 식생활 이외의 것까지 바꿀 생각은 또 없던 터라. 명확한 목표(와 우주적 메시지)가 있어서 비건이 된 도고랑은 다르게 비건 하우스 메이트에 묻어 얼렁뚱땅 세미 채식을 하던 나한테 이번 발걸음은 살짝 버거웠다. 음식에 한정된 채식주의와 달리, 비거니즘은 동물권과 관련된 내 삶 전반을 바꿔야 하는 문제니까.

지금의 이박이 그때를 회고해 보자면, 그때의 이박에게 필요했던 건 작은 단초였다. 익숙해져 버린 생활용품을 바꿀 계기. 그걸 사용하는 사람들의 삶을 들여다볼 수 있는 기회. 만약 여행이 없었더라면 나는 칼에 베이는 물처럼 그래, 그래, 하면서 변함없는 일회용품 라이프를 이어가고 있었을지도 모른다.

치앙마이에서 만난
10%의 환경주의

　어느 겨울, 벽돌집 이박과 도고는 시한부 자유를 어떻게 즐길지 고민 중이었다. 나는 다시 취업 준비를 하기 전에, 도고는 내년 복학하기 전에 어떻게 놀아야 잘 놀았다고 동네방네 소문이 낼 수 있을까 하루의 기력을 다 쏟아가며 궁리했다.

　그렇게 결정된 건 바로 여행! 둘이 같이 간 건 아니다. 같이 사는 것도 모자라 함께 떠나기까지 할 만큼 도고랑 애틋한 건 아니라서.

　도고의 여행이 먼저 시작되었다. 복학까지 남은 3개

월을 알차게 쓰겠다고 유럽으로 떠난 도고는 3월 첫 수업 전날 돌아온다고 했다. 부러워! 괜히 나도 싱숭생숭했다. 도고는 벽돌집에 친구들을 초대해서 놀라고 했지만, 퇴사하고 마음 허전할 때 텅 빈 집에 홀로 남겨질 게 싫었다. 그래서 나도 떠나기로 했지! 제주도 한 달 살기를 하러!

하지만 그 계획은 퇴사 2주 만에 바뀌었다. 이름하여 '초년생 증후군'(내가 지었다.) 때문에. 초년생 증후군이란, 주로 스펙을 쌓으며 인턴과 취업을 준비하는 사회 초년생에게 자주 나타나는 것으로, 주된 증상은 쉼을 두려워하고 공백을 멀리하며 최대한 빼곡하게 인생 경력을 채우고자 스스로를 채찍질하는 거다.

퇴사를 했다는 즐거움은 딱 일주일 갔다. 그 이후에는 점점 초조함이 올라왔다. 중증 초년생 증후군 때문에 졸업도 전에 취직을 했던 나는 확신할 수 있었다.

"아! 나, 제주도에 가면 거기서도 이력서 쓰고 면접 보러 서울에 왔다 갔다 할 거 같아."

그래서 비행기 티켓을 끊었다. 아예 국경을 넘어 버리면 거기서 자기소개서를 쓰지는 않겠지! 마침 치앙마이 한 달 살기를 하러 간다는 친구들이 있어서 슬쩍 거기에 발을 걸쳤다. 내가 3주 먼저 가 있다가 외로울 때쯤 친구들을 만날 수 있게.

그렇게 출발 2주 전에 태국행 비행기를 끊었다. 완벽한 쉼을 위해! 그리고 그곳에서 나는 완벽한 쉼과 함께 지구적인 삶을 발견했다.

치앙마이 첫인상은 '국적 없는 마을'이었다. 다양한 국적과 인종의 사람들이 짧게는 2~3일에서 길게는 몇 년씩 치앙마이에 머무르고 있었다. 그래서인지 올드 타운에서도 태국 퓨전 음식을 비롯해 다양한 국적의 음식을 팔았다.

놀라운 건 대부분의 식당에서 비건 음식을 팔았다는 거다. 영어 메뉴판이 있는 식당에는 웬만해선 베지 메뉴가 있었다.(영어 메뉴판이 없는 곳은 체크를 못했다. 태국어는 못 읽어서!) 현지 분에게 추천받아서 간 어떤 식당은 아예 비건 식당이었다. 그분이 비건이라서 비건 식당을 추천해 주신 건가? 물음표 잔뜩 달고 시킨 병아리콩 패티 버거는 지금까지도 이박이 손에 꼽는 올타임 버거 베스트 5에 든다. 그곳의 비건 맛집은 논비건 맛집과 어깨를 나란히 하고 겨룬다. 놀라워라!

비건 음식이야, 한국에서도 먹었다 치고. 인상 깊었던 부분은 치앙마이가 가진 환경 친화적 분위기였다.

우선, 플라스틱 용기를 쓰는 길거리 노점이 몇 곳 없었다. 대부분 바나나 잎 그릇 또는 얇은 나무 종이를 썼다. 일회용품을 쓰더라도 종이였고, 그것도 노점 옆에 앉아서 먹는다고 하면 그릇(다회용이라고 앞에 붙여야 하나 고민하다가 그냥 그릇이라고 쓴다. 애초에 그릇은 여러 번 쓰는 게 정상이니까.)을 줬다.

카페에서도 매장 이용객 음료는 유리컵에 담아 줬다. 한국에서도 이건 이제 법으로 지정되었지만, 빨대까지 다회용은 아니다. 스타벅스에서는 종이 빨대를 주지만, 그걸로 프라푸치노를 먹다 보면 빨대가 불어서 결국 입으로 털어먹어야 한단 말이지. 종이 빨대 때문에 내가 프라푸치노를 끊었다고.

그런데 치앙마이에서는 빨대까지 다회용(이건 다회용으로 쓰겠다. 내가 지금까지 사용해 온 빨대는 다 일회용이었으니까.)을 썼다. 주로 유리 아니면 스테인리스였다. 처음에는 입술에 닿아도 찌그러지지 않는 단단한 빨대가 낯설었는데, 여행 중반쯤 되니까 빨대에 남는 싸한 냉기가 좋아졌다. 음료 트레이에 빨대 포장 비닐이 남지 않는 것도 깔끔하니 좋았다.

살짝 걱정되는 부분은 있었다. 빨대를 하나하나 일일이 설거지를 다 할까? 이 빨대가 안전할까?(마침 신종 바이러스가 유행한다는 소식이 들려오던 시기였다.) 내가 '이거, 좋긴 한데 그래도 일회용품 써야 하지 않을까?' 하는 생각을 하는 동안, 옆자리 외국인은 자기 파우치에서 개인 빨대를 꺼내 쓰더라. 아, 저런 방법이 있었네!

한 번 의식하기 시작하니까 눈에 들어오기 시작했다. 이번에는 식당이나 카페 말고 나 같은 관광객들이. 친구들이 오기 전까지 혼자 움직이는 동안 현지인이나 다른 관광객들과 말 섞을 기회가 많았다. 여유로운 얼굴로 대화를 이어가며 텀블러에 개인 빨대를 꽂아 아메리카노를 마시는 그 모습이 내가 중학생 때 동경했던 뉴요커 같았달까? 진지하게 치앙마이에서 가지고 다닐 텀블러를 하나 살까? 고민도 했는데 관뒀다. 이미 내가 맨 배낭만으로도 충분히 무거웠기 때문이다. 또 한국에 돌아가면 선물받아 놓고 안 쓴 텀블러가 찬장 가득 있기도 하고. 그래도 한국에 돌아가면 텀블러를 쓰기로 결심했다. 텀블러를 쓰는 사람들이 생각보다 불편해 보이지 않거든.

한국에서는 텀블러를 쓰는 사람을 자주 보기 어려웠다. 카페에서 텀블러 할인을 해 준다고는 해도 꼬박꼬박 들고 다니는 게 쉬운 일은 아니기도 하고, 살짝 유난처럼 여겨지는 것도 문제였다.

그런데 실천하는 사람이 주변에 여럿 보이니까 생각이 달라졌다. 스치듯 한 명을 봤을 때는 내 생각대로 해석하게 되던 일이, 여러 명과 만나 대화하며 보게 되니까 이해할 수 있는 일이 됐다.

렌셀러 폴리 테크닉 연구소의 볼레슬로 스즈만스키 박사에 의하면, 소수의 의견이 다수의 의견으로 전환되는 티핑 포인트는 10%다. 컴퓨터 모델링과 임상 실험을 통해 새로운 사상이 어떤 환경에서 태동하든 임계치 10%에 도달하면 빠른 속도로 퍼져 나간다는 것을 밝혀냈다고.

10%가 주류라는 말로 묶기에는 적은 숫자일지라도 '저거 좀 이상하네?'와 '한번 해 볼 만한데?'를 가르는 비중이라는 거다. 100명 중 10명만 움직임에 동참하면 문화가 되고 움직임이 된다. 움직임을 위한 위대한 도약 같은 목표다. 10%!

그때까지 내 주변 사람들 중 비거니즘을 실천하는 사람은 딱 한 명, 도고뿐이었다. 도고의 움직임이 나쁜 건 아니니까 말리지는 않았지만, 내 생활 반경을 '침범'한다는 생각이 들었을 때는 거부감이 든 게 사실이다. '굳이 저렇게까지 해야 해?' 싶었던 이유는 내가 벽돌집 밖에서 만나는 이들은 그렇게 살고 있지 않았기 때문이다. 나도 어쩔 수 없는 사회적 인간인지라, 남들과 다름을 바라도 같고 싶을 때가 있단 말이지. 그게 비록 동물과 환경의 안녕과 거리가 멀다 해도 말이다.

그리고 치앙마이에서, 나는 그동안 보지 못했던 10%

를 보고 왔다. 치앙마이의 아름다운 여행객들은 머문 여행지를 아름답게 하기 위해 사용하는 일회용품을 줄였다. 여행하는 동안 다회용 빨대와 텀블러를 들고 다니고, 포장 용기는 법랑을 썼다. 군데군데 크게 있는 빈티지 마켓에서 구제 옷을 사서 걸쳤다. 호스텔에서는 사용 가능한 물건이 버려지지 않게 아이템 선반을 세워 두었다. 더 이상 필요 없어 진 물건이 있는 여행객은 선반에 물건을 두었고, 필요한 게 있는 여행객은 선반에서 물건을 챙겼다.

치앙마이 식당에서 자연스럽게 비건 메뉴를 찾을 수 있듯, 마켓에서도 자연스럽게 다회용품을 찾을 수 있었다. 그렇게 자연스럽게 비건과 환경주의가 치앙마이에 녹아들기까지 얼마나 많은 시간이 걸렸을지 가늠하기 어려웠다. 내가 보고 온 건 단순한 치앙마이의 환경주의 10%가 아닌, 10%와 그에 물들어 함께 움직이는 그 이상의 사람들이었다.

물론, 위에서 말한 환경주의적인 모습이 내가 경험한 모든 치앙마이는 아니다. 어떤 식당에서는 사이드로 음료를 시키면 플라스틱 빨대를 줬고, 어느 방송에 나왔다는 바쁜 덮밥집은 식당에 앉아 식사하는 사람들에게도 일회용기에 음식을 내줬다. 그릇을 쓰는 게 이상적이기는 하지만, 그렇게 할 수 없거나 하지 않는 가게도 있었다. 우리나라보다 다회용기가 보편화된 치앙마이였지만, 완벽하게 일회용품을 없애기는 어려운 게 현실이다.

그래도 나는 치앙마이의 자유로운 분위기가 좋았다. 여행지라서, 쉬러 간 곳이라서 그랬던 게 아니라 선택지가 많아서. 매일 뭘 해야 할지 정해진 것 없이 내가 하고 싶은 일을 하는 그 여유로움과 텀블러와 빨대를 들고 다니는 사람을 특이하게 보지 않는 적당한 무관심. 치앙마이에서는 환경에 유난 떠는 사람 없이 모두 평범한 사람들이었다. 나는 치앙마이에서 만난 지구적 '평범함'을 한국에 가지고 돌아오기로 결심했다.

치앙마이를 떠나오기 전, 타이티 라떼에 쓰는 찻잎을 샀다. 치앙마이에서 하루에 한 잔씩 마셨던 음료인데, 한국에서 치앙마이 생각이 날 때마다 한 번씩 타 마시려고. 마켓에서 스테인리스 빨대와 빨대솔도 샀다. 스테인리스 빨대 없이는 그때 내가 느꼈던 치앙마이의 타이티 라떼를 맛볼 수 없을 것 같았다. 빨대를 씻는 게 귀찮을 때마다 어느 날 카페에서 만난 멋쟁이 언니를 떠올려 보려고 한다. 텀블러에 아메리카노를 받아 스테인리스 빨대를 꽂아 마시던 그 언니는 눈이 마주칠 때마다 내게 윙크를 날려 줬다구. 내가 한국에서 그렇게 멋진 윙크를 날릴 수 있다면, 환경 보호에 동참할 한국의 10%도 금방 모을 수 있지 않을까?

귀국하는 길, 도고가 제안한 주방 비누와 샴푸바가 더 이상 불편하게 느껴지지 않았다.

#08
패딩 안에
오리 있어요

나는 태국에서, 도고는 유럽에서 돌아온 지 한 달이 되어서도 여행 짐을 다 풀지 못했다. 사실, 못 했다기보다는 안 했다는 게 더 맞다. 긴 여행의 여독을 푸는 데 시간이 오래 걸리기도 했고, 둘 다 소속 없는 자유로운 상태(백수라고 한다.)였으니까. 서로가 여행에서 가져온 멋진 물건을 자랑하고 구경하기에도 시간이 모자랐다. 게다가 우리의 옷방에는 입을 옷이 많았다. 여행에 가져갔던 짐을 풀어놓지 않더라도.

높은 층고와 따뜻한 나무 벽, 역과 가까운 위치. 그중에서도 이박과 도고가 벽돌집을 서울 보금자리로 선택하는 데 가장 결정적인 역할을 한 것은 벽돌집이 쓰리룸이라는 거였다. 큰 안방은 집에서 그림 작업을 하는 도고가 쓰고, 현관과 가까운 아담한 방은 출퇴근 때문에 주로 방에서 잠만 자는 이박이 쓴다. 마지막으로 사람이 들어가기 애매한 크기의 작은 방은 우리의 옷방이 되었다.

옷방이 생기니까 좋은 점이 많았다. 옷장을 넣을 필요가 없으니 각자의 방에서 쓸 수 있는 공간이 넓어졌다. 내가 가진 옷을 한눈에 볼 수 있기도 했고. 옷방 두 벽을 사용하니, 우리가 살면서 써 본 것 중 가장 많은 옷을 걸수 있는 행거를 넣을 수 있었다. '이제 옷 정리가 좀 되네!' 싶었지만 착각이었다. 인간의 욕심은 끝이 없고 빈 공간이 생기면 채우고 싶어진다. 그렇게 나와 도고는 그큰 옷방을 옷으로 가득 채웠다. 제법 특이하고 화려한 취향을 가진 우리였기 때문에, 눈에 밟히는 옷이라면 사야 직성에 풀렸다. 그렇게 옷방은 포화 상태가 되었다.

그리고 여행에서 돌아온 지 한 달이 넘고서야 옷을 정리할 결심을 한 나와 도고는 옷이 들어갈 자리 없는 옷방을 보며 결심했다. 옷을 줄이기로!

우선 옷방에서 일 년 이상 입지 않은 옷은 따로 모았다. 그리고 그 안에서 가지고 있을 옷을 선별했다. 자주 입지는 않았지만 경조사 같은 특별한 자리에서 입을 수 있는 옷과 다른 사람들과 함께 놀러 가서도 잠옷으로 입을 수 있겠다 싶은 옷이 살아남았다. 미니멀리즘 방법보다는 훨씬 관대하고 헐렁한 분류 기준이었지만, 이렇게 해서 옷방 밖으로 빠진 옷도 30인치 캐리어 하나를 가득 채웠다. 유행이 지나서 입지 않는 옷, 체형이 바뀌어서 놔뒀던 옷, 빨래하기 귀찮아서 지하철에서 싼 맛에 사던 옷들이 쫓겨났다.

　여기서 도고는 한 번 더 옷을 걸렀다. 동물 소재가 들어가 있는지 아닌지가 그 기준이었다. 유럽 여행 전에도 비건 소재 신발을 찾겠다며 온 인터넷을 뒤졌던 도고인지라 놀랍지 않았다. 그때의 튜토리얼을 경험 삼아 도고는 빠르게 옷장을 비웠다. 가죽으로 된 가방끈, 오리털이 들어간 패딩. 울 소재 니트. 도고의 행거에는 빈 옷걸이가 늘어 갔다. 빈자리에 가방과 소품을 걸어도 도고의 행거는 휑했다. 허전하리만치 성공적인 비움이었다.

동물 원료나 소재가 들어간 의류 물품들은 상대적으로 음식에 비해 동물과 연결 짓기 어렵다. 그 형체가 아예 달라져 버리기 때문이다. 삼겹살을 먹으러 가면 말 그대로 동물의 살을 먹기 때문에 '이게 돼지구나!' 하고 연상할 수 있지만, 애벌레 롱 패딩을 입으면서 목과 가슴털을 쥐어뜯기는 오리를, 보들 폭신한 니트를 입으면서 그 울을 만들기 위해 털을 깎지 않으면 스스로의 털에 파묻혀 죽어 버릴 정도로 개량된 양을 연상하기란 쉽지 않다. 원래의 형체를 알 수 없게 가공된 동물은 죄책감 없이 소비되고 버려진다. 소, 닭, 돼지가 음식을 위해 학대당한다면, 오리, 거위, 양 그밖에 부드러운 털을 가진 다양한 동물들은 의류를 만들기 위해 학대당한다. 음식을 먹을 때만큼 우리는 입고 쓸 때에도 동물권에 대해 떠올리고 되새겨야 한다.

이제 도고는 가죽뿐 아니라 동물 부산품이 들어간 의류라면 사지 않는다. 솜이나 폴리 섬유를 충전재로 쓰는 패딩. 울이나 캐시미어를 쓰지 않은 겨울 옷. 먹는 비건처럼 입는 비건 역시 선택지가 좁다. 하지만 이번에도 도고는 입는 옷으로까지 스스로의 비건 실천 범위를 넓히는 데 성공했다. 늘 그렇듯 나는 도고의 선택과 결정과 행동을 응원하고 있다.

옷방 정리 후, 거실에 산처럼 쌓일 옷을 우리는 다시 분류했다. 이번에는 이 옷을 어떻게 처리할지를 기준으로. 보풀이 심하거나 구멍 난 옷들은 의류수거함에 버리기 위해 따로 모았다. 상태가 양호한 옷들은 아름다운 가게에 기부하러 가기 위해 큰 가방에 담았다. 개중에 정말 보내 주기 아까운 물건은 서로에게 한 번 더 의사를 물었다.

"진짜 이거 버려? 너 안 가져가?"

그렇게 도고가 버리려고 했던 대부분의 동물 소재 옷들이 나에게 흘러들어 왔다. 그 옷 대부분이 산 지 얼마 되지 않았고, 구할 수 없을 만큼 디자인이 특이했다. 우리 같은 취향을 가진 사람이 아니면 오랫동안 주인을 못 찾을 것 같은 물건이었다고. 그런 물건들을 벽돌집 밖으로 내보낸다는 건, 이박의 '옷 비건' 방식에 맞지 않았다.

사실 나도 의류 비건에 동참하고 있다. 적어도 나한테는 먹는 걸 바꾸는 것보다 입는 걸 바꾸는 게 더 쉬웠으니까. '언젠간 나도 비건을 해야지' 생각만 하고 있었는데 내가 할 수 있을 만한 걸 찾아 나름 발을 걸치게 된 셈이다.

다만, 동물 원료 옷은 사지도 입지도 않는 강경한 도고의 옷 비건 방식과는 조금 다르다. 나는 동물 소재 물건을 완전히 끊어내지는 않았다. 가죽으로 된 첼시 부츠는 여전히 가장 좋아하는 겨울 신발이고, 4년째 입고 있는 니트도 버리고 싶지 않다. 하지만 동물 소재 물건을 새로 사지는 않는다. 소비는 끊되 사용되고 있는 물건의 수명을 최대한 늘려 보자는 게 나의 옷 비건 방식이다.

그리고 작년부터는 아예 '새' 옷을 사지 않기로 결심했다. 동묘 빈티지 시장을 좋아하기도 했고, 요즘 중고 거래 앱이 활성화되면서 옷을 구하는 게 쉬워졌다. 마음 먹고 멋 내면 주변 사람들의 한숨을 자아내는 패션 센스를 가진 나는 의류 비건을 시작한 후로 옷 입는 게 좀 나아졌다는 이야기를 듣는다. 적어도 누군가한테 한 번 선택될 만큼 예쁘고 무난한 옷들이었으니까. 새 주인을 찾을 수 있는 새것 같은 옷들이 쓸데없이 버려지고 다시 만들어져 동물과 환경을 망가뜨리지 않았으면 좋겠다. 그렇게 나는 환경에게도 스스로에게도 윈윈하며 이박식 옷 비건 방식을 생활화하는 중이다.

물론 먹는 비건과 마찬가지로 입는 비건에도 예외가 생기곤 한다. 직접 착용해 보면 좋은 신발이나 속옷 같은 경우에는 새것을 아예 포기하기 어렵다. 우리가 아무리 옷을 줄여 보겠다고 노력해도 여전히 일 년에 한 번씩, 우리 몸뚱이 반만 한 가방 부피의 옷들이 옷방 밖으로 쫓겨난다. 선택 폭이 좁아졌다고는 해도 우리가 옷을 계속 사고 있기 때문이다. 어쩌면 입는 비건이 향해가는 궁극적인 방향은 미니멀리스트가 아닐까 싶다. 옷을 적게 사고 적게 버리고. 그렇게 차차 옷장 정리 사이클을 작은 규모로 줄여 가다 보면 완벽한 옷장을 가질 수 있지 않을까? 어느 옷 한 벌 빼지도 더하지도 않을 수 있는, 동물 없는 이상적인 옷장. 아직 옷으로 그득한 벽돌집 옷방이지만, 가까운 시일 내에 텅 빈 벽을 만드는 게 우리의 목표다.

09

언니,
플라스틱 모아요?

"언니네는 쓰레기를 모아요?"

도고 친구가 벽돌집에 놀러 왔다가 물었다. 2층 우리 집 현관 앞에 모아 둔 쓰레기들을 보고 놀란 거다. 사람 키 반만 한 쓰레기봉투와 박스, 재활용품들이 2층 난간 밖으로 떨어질 듯 말 듯 위태롭게 쌓여 현관을 둘러싸고 있었기 때문이다. 정말 쓰레기를 모으지 않았으면 만들기 어려운 높이였다는 건 인정한다.

변명을 해 보자면, 쓰레기를 모은 건 맞다. 우리가 둘 다 워낙 바빠서. 원래 벽돌집 쓰레기는 월수금 저녁에

1층 주인집 대문 앞에 내놓아야 한다. 하지만 이박과 도고가 바빠서 쓰레기를 1층에 내놓을 정신이 없을 때에는 2층 우리 집 현관 앞에 내놓는다. '다음 주에는 꼭 내려다 놓자.' 하고 다짐하면서. 그게 반복되면 2층 발코니는 버려야 할 쓰레기와 재활용 봉투들로 가득 찬다. 이것들을 다 내려놓으려면 도고와 이박 각자가 세 번 이상 1층과 2층을 왔다 갔다 해야 한다. 여기에 음식물 쓰레기까지 합한다면? 상상하기도 싫다.

매번 갓길에서 도로로 침범할 기세로 쌓이는 쓰레기들을 보며, 이박과 도고는 늘 다짐한다. 제발 우리 쓰레기 좀 줄여 보자!

보통 채식을 하는 사람들은 제로웨이스트를 함께 실천한다고 한다. 그 전까지는 이유를 몰랐는데, 비건 도고를 옆에서 보니 이해가 간다. 공장식 농장과 도축은 환경에도 악영향을 끼친다. 채식하는 이들이 환경에까지 관심을 뻗치는 건 아주 자연스러운 흐름이다. 동물들의 보금자리를 오염시키고 식물이 자랄 토양을 망치는 쓰레기. 쓰레기 줄이기는 벽돌집에도 필요한 수순이었다.

그런데 쓰레기 줄이기는 채식이나 옷 비건보다 훨씬 어려웠다. 새 옷을 사지 않는 이박도 새 물건이나 먹을 걸 사지 않을 수는 없었다. 도고가 고기를 먹지 않는다고 해서 채소를 샀을 때 쓰레기가 나오지 않는 것도 아니었다. 엄지손톱만 한 사탕을 하나 먹어도 쓰레기가 나오는데 두 사람이 함께 사는 벽돌집에서 쓰레기가 봉투 가득 나오는 게 부자연스러운 일은 아니겠다마는 그래도 줄이고 싶었다. 비건도 하고 옷 비건도 하는데 쓰레기를 못 줄이겠어? 그렇게 쓰레기를 줄이는 일은 벽돌집의 숙원 사업이 되었다.

우리의 쓰레기 중 가장 많은 양을 차지하는 건 단연 플라스틱이었다. 안 그래도 사용량이 많은데, 부피까지 큰 탓에 일반 쓰레기봉투 하나가 차는 동안 플라스틱은 두세 봉지가 기본으로 나왔다. 자연스럽게 우리의 쓰레기 줄이기 프로젝트 첫 타깃은 플라스틱이 되었다.

시작은 쉬웠다. 벽돌집에서 나오는 플라스틱 쓰레기 종류가 명확했기 때문이다. 생수통. 식품 포장용기. 그리고 배달 음식 쓰레기. 이박과 도고는 아주 쉽게 그 세 종류의 쓰레기를 줄였다. 꾸준히 시켜 마시던 2L들이 생수는 주기적으로 필터만 갈아 끼우면 반영구적으로 사용할 수 있는 물통형 브리타 정수기로 대체했다. 씻어 나오는 대형 마트 플라스틱 포장 채소는 동네 마트에서 직접 골라 담는 채소로 바꿨다. 배달 음식 쓰레기를 줄이기 위해서는 직접 용기를 들고 테이크아웃까지 했다. 덕분에 벽돌집에서 나오는 플라스틱 쓰레기는 많이 줄었다. 아예 없앨 수는 없었지만, 배출하는 쓰레기의 양도 부피도 유의미하게 줄었다.

하지만 쓰레기 줄이기에는 어마어마한 귀찮음이 따라왔다. 물통에 물을 미리 부어놓지 않으면 물이 정수되지 않으니 목이 말라도 기다려야 했다. 생채소를 씻고 다듬는 시간도 필요했다. 내가 직접 테이크아웃을 하러 식당에 가야 한다면 식당에서 먹고 오는 게 더 낫지 않나? 하는 생각이 들기도 한다. 비건과 제로웨이스트는 비슷하지만 달랐다. 기존의 것을 다른 것으로 대체하는 건 같지만, 이를 위해 쓰이는 시간과 수고는 제로웨이스트 쪽이 더 크다. 쓰레기를 만드는 건 무의식적으로 가능하지만, 쓰레기를 줄이기 위해서는 의식적인 노력이 필요하다. 그게 힘들다.

　부피가 큰 플라스틱이 담긴 봉지 세 개를 들고 벽돌집 2층 계단을 내려가다 보면 눈앞의 계단이 보이지 않는다. 그게 우리의 상황과 똑같았다. 관성화된 행동에서 오는 죄책감은 가볍다. 하지만 거기서 오는 파장은 크다. 우리는 플라스틱이 주는 편안함에 시야가 가려 눈앞 디딜 곳도 파악하지 못하고 있는 거다.

　닭과 치킨의 거리가 먼 것과 마찬가지다. 플라스틱과 환경 파괴 사이의 거리는 너무 멀다. '플라스틱을 쓰지 말아주세요' 하면서 보여 주는 불쌍한 동물 사진들, 병뚜껑이 뱃속에 가득 찬 바다새와 콧구멍에 빨대가 꽂힌 바다거북. 이미지를 볼 때는 눈이 찌푸려질 정도로 가슴 아프지만, 배달 음식을 담은 흰 플라스틱 용기는 내 눈앞에 있고, 가엾은 바다거북은 저어기 바다 어딘가를 배회하고 있다.

　하지만 플라스틱은 생각보다 가까이에서 우리를 위협한다. 생선을 비롯해 자연에서 잡아 올리는 대부분의 해양 동물의 몸에서는 이미 미세 플라스틱이 검출되고 있다. 이들을 잡아먹는 인간의 몸에도 미세 플라스틱은 쌓인다. 비단 논비건만의 일은 아니다. 미세 플라스틱은 육지까지 오염시켜 식물 생장을 방해한다. 벌써 우리는 일주일에 카드 하나 만큼의 미세 플라스틱을 먹는다고 하니, 플라스틱과 환경 파괴를 잇는 선은 어느 때보다 두껍고 뚜렷하다. 단지 우리가 외면하고 있을 뿐. 그리고 이건 비단 플라스틱만의 문제는 아니다.

"우리를 둘러싼 모든 게 다 쓰레기 같아!"

벽돌집 쓰레기를 비울 때마다 우리가 하는 말이다. 늘 쓰레기를 내놓는 날에는 쓰레기를 줄이자고 결심하지만, 텅 빈 쓰레기봉투와 재활용 통은 빠르게 채워진다. 어쩌면 우리가 쓰는 모든 건 쓰레기 혹은 쓰레기가 될 것들이다. 최대한 오래 사용하며 쓰레기가 되기 전 물건의 수명을 늘리고자 하지만, 모든 것을 영원히 고쳐 쓰기란 쉽지 않다.

내가 어렸을 때 TV에서 나오던 쓰레기 분리배출 공익광고가 기억난다. 흰 배경에 캔 하나가 나오는 광고였는데, 캔은 찌그러졌다가 주전자가 되고, 다시 찌그러졌다가 캔이 되었다. 그 광고의 슬로건이 이거였다.

'쓰레기는 죽지 않는다. 다만 재활용될 뿐이다.'

맥아더 장군의 명언을 패러디한 이 슬로건만큼 쓰레기에 대해 간결하게 설명한 문장을 본 적이 없다. 쓰레기는 몇 십, 몇 백 년 동안 썩지 않는다. 물건을 영영 사거나 쓰지 않고 외부와의 삶을 단절하면 모를까 현재를 사는 우리에게는 쓰레기를 줄이는 데 명확한 한계가 있다. 죽지 않고 오래 오래 사는 쓰레기를 줄이는 가장 좋은 방법이 재활용이다. 물론 아직은 분리배출된 재활용 쓰레기의 재활용률이 높지 않지만, 차차 그 숫자가 높아지리라 기대하고 있다. 최근 시작된 단독주택 투명 플라스틱 분리배출 의무화 공지를 읽으며, 우리는 이 깨끗한 플라스틱들이 벽돌집에서 마친 그들의 쓸모를 다시 찾을 수 있기를 바랐다.

"언니네는 쓰레기를 모아요?"

다시 도고 친구의 질문으로 돌아와 보자면, 이제 벽돌집에서는 그때만큼 쓰레기를 많이 쌓아 두지 않는다. 이건 도고의 바쁜 시기가 끝나서 가능한 일이다. 취미가 청소인 도고는 쓰레기를 버리는 날이 되면 착착 쓰레기를 묶어 준비한다. 제때제때 쓰레기를 버린 덕분에 이제는 전처럼 쓰레기가 사람 키 만큼 쌓이지는 않는다.

쓰레기 양도 많이 줄었다. 전에는 플라스틱 쓰레기가 일주일에서 2주면 비워 줘야 할 만큼 쌓였다면, 지금은 한 달 정도 모아도 옛날만큼 모으기 어렵다. 앞으로도 플라스틱을 완전히 끊기는 어려울 거다. 하지만 유의미하게 줄일 수는 있다. '다음에는 다른 쓰레기도 줄여 봐야지.' 하고 다짐해 볼 만큼! 다음 타깃은 비닐이 될 것 같은데, 비닐 줄이기 난이도는 플라스틱보다 높을 것 같아 벽돌집에는 벌써부터 긴장이 감돈다.

플라스틱 줄이기를 하면서, 우리는 플라스틱 병뚜껑을 모으기 시작했다. 근처 독집 서점에서 알록달록한 병뚜껑을 모은다는 이야기를 듣고 시작한 일이다. 최근 그 서점에 제로웨이스트숍이 입점했는데, 거기서 병뚜껑을 수거해 가서 손바닥만 한 치약 짜개를 만든다고 했다.

이렇게 가까운 곳에서 재활용이 이뤄지고 있다고 하니 우리가 가만히 있을 수는 없지! 비록 병뚜껑이 벽돌집 쓰레기에서 차지하는 비중은 아주 작지만, 우리 주변에서 바로 체험할 수 있는 재활용이 있다는 건 귀찮은 분리배출의 원동력이 된다.

관계 사회에서 비건이 혼자만의 몫이 아니듯, 소비 사회에서 제로웨이스트는 소비자만의 몫이 아니다. 비닐과 플라스틱을 대체하여 선택할 수 있는 선택지를 기업들이 더 제공한다면, 이박과 도고는 분명 지금보다 더 쓰레기를 줄일 수 있을 거다. 비건도 제로웨이스트도 가벼운 선택으로 시작할 수 있을 만큼 쉬운 것이 된다면 분명 지금보다 더 많은 사람들이 참여할 수 있지 않을까? 우리가 무의식적으로 플라스틱을 쓰면서 환경 파괴에 간접적 기여를 하듯 친환경적인 선택 역시 무의식적으로 할 수 있는 여건이 마련되면 좋겠다.

고기먹는 나도
비건인가요?

전에는 당당하게 논비건이라고 밝힐 수 있었는데, 요즘들어 포

지션이 애매해졌다. 비건을 하고 있기 때문이다. 입는 비건은 이

제 적응이 끝났고, 화장품도 크루얼티프리* 제품으로 점차 교체

중이다. 그렇다고 '저, 비건이에요!' 하고 말하기에는 아직 나는

고기를 먹는 사람이다. 널리 알려진 비건의 이미지가 식생활에

* Cruelty-Free. 동물성 원료를 사용하지 않거나 동물 실험을
  하지 않고 만들어진 제품 또는 서비스. 주로 화장품이나 패션에서
  사용된다.

한정되어 있어 마냥 나를 '비건'으로 소개하기에는 무리가 있다. (내 양심이 찔리기도 하고.) 다행히 비거니즘 관점에서 나의 상황을 설명할 수 있는 용어를 몇 개 찾을 수 있었다. 그래서 하루는 날을 잡고 고민해 봤다. 어떤 용어가 나에게 가장 적합할지.

– 나는 샤이 비건인가?

정세랑 작가님의 《지구인만큼 지구를 사랑할 순 없어》에서 알게 된 용어다. 비건이면 비건이지, 부끄러운 비건은 뭐람? 샤이 비건은 자기가 비건이라는 걸 밝히지 않고 채식을 하는 사람이라고 했다. 한 마디로 사회 초년생스러운 수줍음을 곁들인 플렉시테리언. 하평처럼 회사에는 이야기하지 않고 자기가 할 수 있는 선에서 비건을 하는 사람이 샤이 비건이다.

아직 주변 사람들은 내가 옷 비건을 한다는 사실을 모른다. 하지만 이건 내가 샤이 비건이기 때문이 아니라, 이런 말이 TMI이기 때문이다. 안 그래도 가족보다 직장 동료 얼굴을 더 많이 본다는 회사원인데, '저 화장품 바꿨어요!' '제가 중고 거래 앱에서 산 옷 구경하실래요?' 하고 스스로에 대한 과한 정보를 나누느니 호다닥 퇴근하는 게 좋다. 물론 누가 물어보면 말할 거다. 아무도 안 물어봐서 그렇지. 혹시라도 누가 물어보면 누구보다 신나게 이야기할 자신이 있다. 고로 샤이 비건은 아니다.

– 패션 비건인 거 아니야?

그렇다고 이 생활을 자랑하고 싶은 건 아니다. 난 몰랐는데, 비건과 채식주의를 멋있게 보는 사람이 있다고 한다. 그 의미랑 지향점이 선해서 그런가? 아무튼 멋있으니까 비건한다는 사람이 있다고 하는데, 심지어는 그들을 지칭하는 용어까지 있다고 한다. 바로 패션 비건! 비건 도고의 삶을 옆에서 지켜보고 있는 내 입장에서는 신기할 뿐이다. 저렇게 귀찮고 번거로운 걸 멋 때문에 한다고?

비건이 되려면 외식할 때마다 갈 수 있는 식당을 찾아야 하고 음식 성분을 살펴야 한다. 화장품을 살 때에도 동물 실험 여부를 체크하고 의류 성분도 꼼꼼히 봐야 한다. 그렇게 비거니즘을 실천해도 다른 사람들이랑 밥을 먹기 전까지는 티가 나지 않는다. 그런데 굳이 '제가 비건이라서요.' 한마디 하려고 이 모든 걸 한다? 나는 사양이다. 만약 내가 패션 비건이라면, 도고가 비건 된 해에 바로 따라했겠지!

– 마이크로 비건은 어때?

사실 지금의 나는 마이크로 비건이라고 볼 수 있다. 마이크로 비건은 '비건'이라는 이름이 붙은 말 중 가장 가볍다. 내가 할 수 있는 범위 내에서 비거니즘을 지향하는 거다. 고기는 먹지만 크루얼티프리 화장품을 쓰는 사람. 우유는 마셔도 가죽 제품은 쓰지 않는 사람. 논비건 식생활을 유지하되 월요일에는 채식을 하는 사람. 모두 마이크로 비건에 포함된다고 한다. 식생활을 넘어 생활 전반에 적용되는 말이다.

나는 비건식에 거부감이 없을 뿐 아니라 이미 식생활을 빼고는 비건지향 생활을 하고 있다. 하지만 그 이유로 스스로를 마이크로 '비건'이라고 말하기에는 조금 찜찜하다. 내가 하는 비건지향적 행동들은 지구나 동물, 혹은 스스로의 건강을 위한 것보다는 몸에 익은 귀찮음 때문이라서. 자발적으로 한 것보다는 도고가 바꿔 놓은 생활 위에 슬쩍 올라탄 게 다. 주말 채식은 도고와 함께 밥을 먹기 위해 하는 거고, 생활용품은 도고가 바꿔 놓은 게 불편하지 않아서 계속 사용 중이다. 옷과 뷰티 비건은 나 스스로 하고 있지만, 그 외의 부분에 있어 내 비건지향적 삶은 나보다는 도고의 노력으로 돌아가고 있다.

내가 굳이 이런 고민을 하고 있는 이유는, 내 비건 라이프의 비교 대상이 가장 가까이 있는 도고이기 때문이다. 도고는 결심 첫날부터 지금까지 단호한 비건을 이어오고 있다. 음식부터 생활환경과 실천까지. 지구를 위해 점진적으로 움직이는 도고는 지금은 잠시 운영을 중단했지만, 친구들과 비건 식당을 운영하기까지 했다. 모의고사 평균을 10점 올렸더라도 전교 1등 친구를 보면 주눅 드는 것처럼, 비건 도고와 함께 사는 '마이크로' 비건 이박은 괜시리 어깨를 움츠리곤 한다.

뭘 더 해야 비건이라고 할 수 있는게 아닐까? 괜히 스스로를 자극하기도 한다. 하지만 행동으로 옮기기는 쉽지 않다. 삼겹살은 먹고 싶지만, 동물권은 지키고 싶어. 가죽 소비는 줄이고 있지만, 최애 첼시 부츠를 버릴 순 없어. 비건빵도 좋지만, 꿀 찍어 먹고 싶어! 몸에 밴 익숙함을 빼는 게 어렵다. 아무리 머리로는 바람직한 방향을 알고 있다 하더라도, 실제로 나오는 건 내가 아는 방법 중 가장 쉽고 작은 행동이다.

이렇게 간접적으로 나를 돌고 도는 고민에 빠뜨리는 도고지만, 도고는 나를 여기까지 이끈 장본인이기도 하다. 하우스 메이트가 하니까 나도 하는 거지. 우리는 생활비를 같이 쓰니까 같이 하는 거지. 그렇게 끌려가듯 따라가듯 발을 들인 후에는 벗어나지 않고 천천히 물드는 중이다.

타의로 입맛을 들인 채식. 타의로 바꾸게 된 생활용품. 타의로 생각하게 된 환경이지만 한번 발 들인 이상 다시 돌아갈 수 없다. 알게 된 이상 모름으로 돌아가기 어렵지. 비록 그 속도가 더

디더라도 나는 옳음으로 흐르는 강물이다. 도고는 내게 물길이 모여 점점 굵어지는 물줄기를 보여 준 사람이다. 그래, 지금의 나는 비건지향적인 삶을 산다. 비록 도고에게 휩쓸려 어영부영 시작하기는 했지만, 지금은 점차 혼자서도 실천을 늘려 나가고 있다. 나는 마이크로 '비건'이다.

하지만 나는 아직 스스로를 논비건이라 부르고 싶다. 내가 하고 있는 비건지향적 행동은 논비건들도 충분히 할 수 있으니까. 과거의 나와 같은 논비건들이 주변에서 비건지향적 삶을 사는 논비건, 나를 발견해 주면 좋겠다. 충분히 비건지향적 삶을 살면서도 논비건의 삶을 크게 바꾸지 않아도 된다는 것을 보여 준다면, 더 많은 동지를 만들 수 있으리라 생각한다.

내게도 지구와 환경이라는 목표가 생긴 이상, 천천히 그 방향으로 흘러갈 예정이다. 나보다 먼저 흐르던 이들과 그 물길을 타고 따라올 이들. 그리고 하우스 메이트 도고와 함께! 언제까지 우리가 함께 살지는 모르지만, 우리의 함께 삶이 끝나더라도 함께 행동은 쭉 지속되지 않을까? 우리 주변 동지들을 점점 늘려 나가면서 말이다.

둘이 사는 장점이 바로 이거다. 서로에게 좋은 영향을 줄 수 있다는 것. 같이 더 좋은 방향을 찾아 나갈 수 있다는 것. 더 '지구적'으로 바뀌어 나가는 벽돌집을 지켜볼 수 있다는 게 비건이랑 같이 사는 재미다.

이 글을 쓰면서, 도고한테도 물어봤다. 나 비건이야? 내 예상대로 엄격한 도고는 이마를 찌푸리고 오래 생각한다. 아마 딱! 잘라 아니라는 생각을 둥굴리고 있는 거겠지. 도고가 굴리고 굴려 꺼낸 말은 이랬다.

"그건 자기가 생각하기 나름이랬어."

딱 도고가 내놓을 만한 결론이었다. 비건으로 인정받지는 못했지만, 오히려 속 시원했다. 아직 채식인의 의무와 책임에서는 자유로운 것 같아서. 지금 내가 지킬 수 있는 만큼의 단계. 거기서 천천히 발 디뎌 나가다 보면 도고도 인정하는 채식인이 될 수 있을 것 같다.

부록

벽돌집의 시행착오를
공유합니다

플라스틱 쓰레기, 그리고 다른 쓰레기를 줄이기 위해 벽돌집 이박과 도고는 노력하고 있다. 없앨 수 있는 건 없애고. 줄일 수 있는 건 줄이고. 대체할 수 있는 것들도 줄이고. 도고도 나도 이런 물품들을 접해 본 경험이 많지 않아 처음 사용할 때는 시행착오가 많았다. 심지어 어떤 품목들은 아직도 정착을 못 해 대체품을 찾고 있기도 하다.

비록 우리가 쓰는 환경 아이템이 많지는 않지만, 그중에서 인상 깊은 물건 몇 개에 대해 이야기해 보고자 한다. 나름 그 사용 용도로 별점을 매겨 얼마나 유용했는지도 곱씹어 보았다. 어디까지나 이박 개인의 의견일 뿐이니 너무 맹신하지는 않기를 바라되, 아예 아래 물건들을 처음 들어본 사람이라면 한 번쯤은 찾아봤으면 좋겠다.

– 주방 비누 ★★★★★

내가 태국으로 떠나기 전, 그렇게 쓰기 싫어하던 주방 비누. 지금은 집에서 가장 잘 산 아이템 no.1이다. 세수를 할 때처럼 수세미에 슥슥 문질러 거품을 내서 쓴다. 액체 세제는 그 양 파악이 어려워 두 번 세 번 설거지 양보다 넘치게 쓰게 되는데, 주방 비누는 내가 거품 나는 정도를 보면서 쓸 수 있어서 좋다

무엇보다, 세제보다 순해서 설거지가 끝나고 손에 생기는 뽀득뽀득한 느낌이 없다. 그냥 비누로 손 씻은 느낌. 기름기가 빠졌는지 확인하기 위해 맨손 설거지를 해야 직성이 풀리는 나에게 지금은 없어서는 안 될 물건이다.

심지어 이번에 도고가 사 온 주방 비누는 새빨간 배달 음식 용기 기름때도 한 번에 벗긴다. 정말 싫어하려야 싫어할 수 없는 물건이다.

– 수세미 ★★★☆

그냥 수세미. 스펀지 아니고 손뜨개로 뜬 것도 아니고 부직포 같

은 초록색 천도 아니고 진짜 진짜 수세미다. 원래 수세미는 식물인데, 사람 팔뚝만 한 수세미 열매를 잘 다듬어 말리면 설거지를 할 수 있는 거칠거칠 단단한 '수세미'가 된다. 벽돌집에서는 통 수세미를 사서 필요할 때마다 그때그때 알맞은 크기로 잘라 사용하고 있다. 몸을 씻을 때도 사용할 수 있다고 하는데, 나한테는 조금 거칠어서 도전은 아직 미루고 있다.

위의 주방 비누와는 달리 기존에 쓰는 인공 수세미와 비교해서 더 나은 점을 설명하라면 어렵다. 반대로 더 나쁜 점도 없다. 애초에 수세미의 용도는 거품 내서 접시 닦는 것, 그뿐이니까. 어차피 비슷한 거라면 환경친화적인 자연 수세미를 쓰는 게 더 좋지 않을까? 심지어 수세미는 가격 차이도 크지 않은데?

– 고체 치약 ★★★★★

왜 진작 안 썼나 싶을 정도로 좋다. 튜브 치약을 쓸 때 가장 스트레스받는 건 깨끗하게 다 짜서 쓰기 위해 노력해야 한다는 것과, 정말 마지막까지 짜기 위해 낑낑거려야 한다는 것. 고체 치약은 그 두 단점을 다 날려 버린다.

작은 구취 제거 사탕처럼 생긴 고체 치약은 그냥 입에 넣고 씹기만 하면 된다. 퍼석! 하고 부서져 이 위에 골고루 묻은 고체 치약을 칫솔질하면 침에 녹아 거품이 잘 난다. 튜브형 치약보다 맵지 않은 점 역시 장점이다. 몇 개가 남았는지 확인이 쉬우니까 어떻게든 한 번 더 써 보려고 용쓰지 않아도 된다. 튜브 쓰레기가 나오지 않는 건 덤!

다만, 요새 벽돌집에서는 튜브형 치약을 쓰고 있다. 이박네 회사 명절 선물이 생활용품 세트였기 때문이다. 얼른 이 치약을 다 쓰고 고체 치약을 사 오고 싶다.

– 세안 비누 ★★★★

튜브형 클렌징 폼을 다 쓰고, 선물 받았지만 쓰지 않던 비누를 꺼냈다. 주방 비누와 마찬가지로 적정량을 쓸 수 있다는 게 장점이다. 거품을 많이 내서 몸에도 사용하고 있다. 굳이 얼굴과 몸을 분리해 다른 제품을 쓸 때보다 간편하다.

비누를 구매할 때는 플라스틱 용기에 담겨 있는 클렌징 폼이나 바디 워시보다 상대적으로 향 확인이 쉽다. 아예 비누 자체를 꺼내 놓고 전시하는 가게도 많아 '이번에는 무슨 향 비누를 쓰지?' 하는 고민이 즐겁다. 심적인 만족도와 재미가 높아 만족하는 물건이다.

– 샴푸바(아직은) ★★

이름은 거창한데 거품을 내서 두피와 머리카락을 씻는, 한마디로 머리카락 비누다. 그냥 비누를 머리카락에 쓰면 모발이 뻣뻣해지고 먼지가 많이 붙는 게 느껴지는데, 샴푸바는 상대적으로 그런 현상이 덜하다고.

하지만 나는 샴푸바에 적응을 못했다. 상대적으로 그런 현상이 '덜'하다고 해서 그런 건지, 아니면 그냥 기능이 없는 건지는 모르겠지만, 숱 많고 억센 머리카락을 가진 터라 샴푸바로 뻣뻣해진 머리카락을 감당하기 어려웠다. 빗으로 머리를 빗으면 빗에 까맣게 먼지가 묻어 나왔다. 도고는 샴푸바를 잘 쓰고 있는 걸 보니 모질에 따른 차이가 큰 것 같았다.

그래서 나는 아직 샴푸를 쓴다. 회사 생활 용품 세트에 들어 있는 한방 샴푸를 다 쓴 후에는 용기 반납이 가능한 매장의 샴푸를 쓰고 있다. 하지만 아직 미련을 버리지 못해 또 새로운 샴푸바를 주문했다. 부디 이번 제품은 내 머릿결에 맞기를 바란다!

– 그물주머니 ★★★★

도고가 얇은 실과 코바늘로 직접 떴다. 여밈끈을 달아 당기면 입구를 막을 수 있다. 동네 마트에서 그램 수를 재서 가격표를 붙여 주는 채소를 살 때 비닐을 대체해서 쓸 수 있다. 그물이라서 안에 어떤 채소가 들어 있는지 볼 수도 있고, 통으로 된 주머니보다 무게도 가벼워 저울에 함께 올릴 수도 있다. 장 볼 때마다 네다섯 개씩 가져가 고구마와 마늘, 상추, 토마토 등 다양한 채소를 담아 온다.

처음 주머니를 가져갔을 때, 마트 아주머니들의 반응이 상당했다. 직접 만든 거냐, 어떻게 만든 거냐, 기특하다 하시며 저울부터 계산대까지 모두의 시선이 따라다녔다. 어떤 분은 그물주머니를 들고 다니는 도고를 알아보시기도. 비닐 쓰레기의 부피는 작지만, 매번 꾸준히 장을 보다 보면 그만큼 많은 비닐을 쓰게 된다. 우리는 우리가 장을 볼 때마다 그 비닐을 줄였다는 사실이 뿌듯하다.

— 스테인리스 빨대 ★★

치앙마이에서 사 왔지만, 정작 잘 사용하지 않는다. 집에서 뭔가를 마실 때에는 늘 컵에 입을 대고 마시기 때문이다.

그렇다고 바깥에 가지고 다니려면 빨대 파우치와 청소 솔까지 다녀야 할 것 같아서 손이 잘 가지 않는다. 아예 스테인리스 빨대는 중고 거래 앱에 팔고, 내부를 쉽게 닦을 수 있는 실리콘 빨대로 교체해 볼까 고민 중이다.

— 생분해 비닐봉지 ★★☆

규격 쓰레기봉투가 따로 없는 재활용 쓰레기는 보통 집에서 나오는 큰 비닐 봉투에 모아 버렸다. 하지만 쓰레기를 모아 버릴 만큼 큰 비닐이 나오지 않을 때도 있는데, 그때를 위해 이 비닐 봉지를 구해 놓았다.

하지만 사용할 때마다 고민되는 건 어쩔 수 없다. 어찌 됐든 버리기 위해 산 비닐이니까. 이 비닐봉지가 얼마나 빨리 썩는지 우리는 확인할 수 없기 때문에 최대한 사용하지 않을 수 있는 방법을 고민 중이다.

- 브리타 정수기 ★★★☆

그동안 벽돌집에서는 생수를 사 먹었는데, 거기서 발생하는 플라스틱 페트병 양이 어마어마했다. 안 그래도 2L 페트병은 부피가 커서 매번 구기느라 힘들었는데, 엘리베이터 없는 2층 벽돌집에서 매번 물이 없을 때마다 사 오는 것도 큰일이었다.

그러다 발견한 대체품이 브리타 정수기다. 손잡이 있는 물통 모양인데, 한 달에 한 번 손바닥만 한 필터만 갈아 주면 수돗물 냄새나지 않는 물을 마실 수 있다. 필터 가격은 좀 있는 편이지만, 벽돌집에서 이박과 도고 두 사람이 한 달 생수 사 먹는 비용과 비슷하다.

다만, 물통 본체가 플라스틱인 데다가, 필터가 재활용되지 않아 쓰레기가 나오는 건 어쩔 수 없다. 필터도 겉은 플라스틱이고,

속은 각종 거름 가루들이 들어 있어 재활용 배출이 어렵다. 필터를 수거해 가는 서비스가 있기는 하지만 6개씩 모아야 하는 게 번거롭고, 필터를 대신 수거해 주는 제로웨이스트 숍 역시 벽돌집과 멀어 이용이 어렵다. 인터넷에 필터를 직접 리필하는 방법이 나와 있는데, 도고가 이걸 시험해 보려고 벼르고 있다.

– 밀랍 랩 ★★

손수건이나 거즈 같은 얇은 천에 밀랍을 먹여 만드는 랩이다. 풀을 굳힌 것처럼 빳빳한데, 밀랍 특유의 끈끈함이 있어 열린 그릇 입구를 단단하게 감쌀 수 있다. 구부러진 밀랍 랩은 빳빳함을 잃지만, 따뜻하게 데웠다가 식히면 밀랍이 녹았다 굳으면서 다시 빳빳해진다.

'랩'만큼의 밀봉력은 없지만 당장 벽돌집에 랩이 필요하지는 않아서 그런대로 사용하고 있다. 뚜껑 없는 용기를 덮거나, 컵에 먼지가 들어가지 않게 막는 용도로 사용 중이다. 더 강한 밀봉이 필요한 상황에 대비해 실리콘 랩도 살 예정이다.

– 대나무 칫솔 ★★

몸통과 칫솔모가 대나무와 대나무 섬유로 이루어진 친환경 대나무 칫솔. 늘 칫솔은 왜 구부러지고 휘어 있지? 하는 의문을 가지고 있었는데, 대나무 칫솔 덕분에 풀었다. 입에 넣기 불편하다! 머리도 너무 두꺼워서 입술 살에 맞닿은 이 앞쪽과 어금니 안쪽을 닦을 때에 불편하다. 대나무 칫솔을 사용하고 치실 사용량이 늘었다. 아직 대나무 칫솔이 대중화되어 가는 단계니까, 곧 더 얇고 알맞게 구부러진 대나무 칫솔이 나오기를 기대하고 있겠다.

왜 장점이 덜한 물건에도 별을 두 개씩이나 줬냐고 묻는다면야, 환경적이니까! 비록 익숙하지 않은 것들이라 처음에는 불편함도 많았지만, 지금은 꽤 적응하며 만족하고 있다.

신기하고 새로운 걸 좋아하는 이박과 도고는 앞으로도 환경 아이템에 대한 도전을 이어나갈 계획이다. 이렇게 조금씩 바꿔 나가다 보면, 우리가 평생 쓰게 될 예정이었던 쓰레기 총량도 줄어들겠지. 이 글을 읽는 사람들이 동참해 준다면 그 값은 더 커질 거다. 환경을 위한 움직임에 동참해 줄 누군가를 위해, 계속 도전하며 기록을 남길 예정이다.

논비건과 함께 살지만
비건입니다

벽돌집에는 비건과 논비건이 산다. 지금까지는 논비건의 관점에서 비건에 관한 이야기를 적었지만, 비건이 말하는 비건의 이야기가 있으면 이 글을 읽는 이들이 조금 더 비건에 대해 이해하기 쉽지 않을까, 하는 생각이 들었다. 이박과 도고가 함께 사는 이야기이니 만큼, 도고도 자기 목소리를 낼 시간이 필요할 것 같기도 하고.

그래서 비건 도고를 인터뷰했다. 이 인터뷰는 사또밥과 감자칩 간식을 펼쳐 놓은 벽돌집 거실에서 이루어졌다.

이박 　안녕하세요. 자기소개 부탁드립니다.

도고 　안녕하세요. 이박의 벽돌집 하우스 메이트 도고입니다. 지역 예술 단체에 기반을 두고 프리랜서로 활동하고 있어요. 채식을 시작한 지는 4년 차가 되었습니다.

이박 　벌써 채식을 시작한지 그만큼이나 되었군요. 그 계기는 《아무튼, 비건》이었죠?

도고 　맞긴 한데, 그 안에 말하지 않은 동기가 하나 더 있어요. 그때 좋아하던 친구가 있었는데, 우연히 그 친구의 비건 지인을 만나게 되었어요. 친구가 '비건, 멋지다!' 하는 말을 듣고, 비건에 대해 찾아보게 되었죠. 그렇게 《아무튼, 비건》을 읽게 되었어요. 그 책이 실천을 하게 된 계기는 맞아요. 그런데 비건을 접한 진짜 계기는 따로 있었죠.

이박 　이건 저도 지금 처음 듣는 이야기인데요. 4년 동안 속은 느낌이 들기도 하면서 오히려 전보다 납득이 되네요. 설마 채식을 바로 비건으로 시작한 이유도 그 친구가 '비건'이 멋지다고 했기 때문인가요?

도고   그건 아니에요. 채식을 하기로 결정하는 데
      는 분명 그 친구의 영향이 컸지만, 채식에 대
      해 알아보면서 접한 책이나 다큐멘터리를 보
      고 비건이 되기로 했어요. 그 자료들은 실제
      로 동물권의 최전선에서 뛰는 사람들의 이야
      기였는데, 완전한 채식으로의 전환을 강경하
      게 이야기하고 있었어요. 그 이야기들을 보며
      충분히 나의 삶을 바꿔 볼 만하다고 생각했어
      요. 그래서 '채식을 할 거면 비건으로 하자.'
      하고 결심하게 되었어요.

이박   그렇게 비건이 된 것이군요. 처음부터 비건으
      로 시작하는 게 어렵지 않으셨나요?

도고   우선 정보가 없다는 게 가장 어려운 점이었어
      요. 고기를 먹지 않으니 당장 먹을 수 있는 음
      식이 없더라고요. 채식주의자들이 콩단백 위
      주로 식단을 짠다는 이야기를 듣고 그렇게 했
      는데, 콩에 알러지 반응이 나타났어요. 지금
      은 괜찮지만 그땐 고생했죠. 주변에 채식을

하는 사람이 없어서 혼자 0에서 정보를 쌓아 나가는 게 힘들었어요.

이박 제가 알기로 주변에 채식을 하는 친구도 없었 는데, 맞죠?

도고 아예 없던 건 아니었지만, 매일 보고 함께 일 하는 친구들 중에 비건은 저뿐이었어요. 심지 어 제가 비건이 되었다고 하니까 '비건이 대 체 뭐야?' 하고 물어보는 친구도 있었죠. 그러 다 보니까 친구들이랑 식사를 할 때마다 고민 이 많았어요.

이박 그럴 때는 어떻게 식사를 해결 했나요?

도고 우선 비건 옵션이 가능한 식당이 있는가 찾 아보기도 했고, 단골집 사장님께 부탁을 드 려 보기도 했어요. 그리고 무엇보다 친구들이 저랑 같이 뭘 먹을 때마다 음식에 신경을 많 이 써 줬어요. 같이 식당을 찾아보고, 미리 식 당에 연락해서 음식에 고기를 뺄 수 있는지도 알아봐 줬어요.

이박   논비건 친구들에게 많은 도움을 받았겠어요!
보통 비건과 논비건이 함께 식사를 한다고 하
면 배려받기보다는 이해받지 못하는 상황이
그려지는데요. 그런 경우도 있었나요?

도고   맞아요. 예를 들면, 제가 처음에 가족들에게
비건을 한다고 이야기하니까 동생이 짓궂은
장난을 치기 시작했어요. 제 앞에서 고기 예
찬을 하거나, 고기 음식으로 절 약 올리는 식
으로요. 가족이 다 같이 모이면 부모님은 채
식주의자인 저한테 식단을 맞춰 줬는데요. 동
생은 그게 마음에 들지 않았던 것 같아요. 가
족들과 떨어져 지내고 있고, 비건은 밖에 나
와 살며 생긴 변화였기 때문에 가족들과 충분
한 대화를 할 시간이 없었어요. 그러다 보니
저는 그냥 식탁에서 까탈스럽게 구는 사람이
되어 버리곤 했어요.

이박   비건을 단순히 고기를 안 먹는 기호의 문제로
만 봐서 생기는 문제군요. 비건에 대해 잘 모
르는 사람들과 이런 일이 적지 않았을 것 같

아요.

도고 　대개 처음 보거나 한두 번 만난 사이에서 어려움이 생겨요. 일 때문에 낯선 사람들이 많은 식사 자리에 갔다가 '너 채식하면 고기 못 먹어? 불쌍하다.'라는 이야기를 들었어요. 채식을 단순 기호의 문제로 단정 짓는 말을 들으니 답답하기도 하고 어떻게 대화를 이어 나가야 할지 막막했어요. 사실 그 친구는 제가 채식을 왜 하는지 궁금해하지 않는 눈치였어요. 그래서 제가 비건을 시작한 이유에서부터 비건의 의미, 육식의 문제 같은 걸 설명할 수 없었어요. 그래서 그 자리에서 그냥 웃어넘기는 수밖에 없었죠.

이박 　비건이 고기를 먹지 않는다는 건 논비건 입장에서 봤을 때 파격적인 결정이에요. 그래서 어쩌면 '비건=고기 안 먹는 사람'이라는 단순한 인상이 크게 잡혀 버린 것 같아요. 속한 거의 모든 집단에서 첫 번째 채식주의자였으니, 관심도 더 집중되었을 것 같아요.

도고　　좋게 보면 관심이었지만, 가끔씩은 간섭이나 참견처럼 느껴지기도 했어요. 제가 먹는 음식에 동물성 성분이 있으면 그걸로 나무라는 사람도 있었고요. 비건이지만 저한테도 제가 먹을 걸 정할 권리가 있는데, 그런 이야기를 들으면 하고 싶은 말을 속으로 꾹꾹 참았어요. '너보다 내가 더 잘 알아!' 하고요.

이박　　그럼 비건이 된 지 4년째인 지금은 주변의 시선이 바뀌었나요?

도고　　바뀐 것도 있고, 바꿔 나간 것도 있어요. 한 번은 커뮤니티에 새 친구가 왔는데, 그 친구가 자기를 '비건지향인'이라고 소개했어요. 그러니까 새 친구한테 던져진 첫 질문이 이거였어요. '너는 그럼 고기 먹겠네?' 두 번째 질문은 '비건을 하려면 도고처럼 해야 하는 거 아니야?'였고요.

　　　　사실 저는 비건에 대한 소명이나 의무감을 남한테 피력하고 싶지는 않았어요. 그런데 그 말을 듣고 커뮤니티 사람들과 비건 공부를 함께 해야겠다는 생각이 들었어요. 저도 완벽하지 않은 비건인데, 제가 그 사람들 사이 유일한 비건이라는 이유만으로 친구들의 비건 기준이 되어 버린거니까요. 사람들마다 그 기준이 다르고 그만큼 다양한 형태의 비건이 있다는 이야기를 할 자리가 있으면 좋겠다고 생각했어요. 그때의 경험이 공부의 필요성과 연결되었어요. 그래서 친구들의 비건 인식을 바꿔 나가기 위해 노력하고 있어요. 올해에 커뮤니티 공동 교육 주제로도 제안할 계획이고요.

이박   좋은 결심이네요! 그렇게 다 같이 공부를 하면 커뮤니티 안에서 채식에 대한 진입 장벽도 낮아질 것 같아요.

도고   맞아요. 같이 함께 알아가고 대화하는 과정을 계속 만들어가려고 해요. 비건도 비건이지만, 논비건 친구들이 비건에 대해 낯설어서 어렵고 불편한 점도 생기니까요. 이런 공부나 대화를 하는 과정을 통해 비건에 대해 잘 이야기할 수 있는 공동체가 되면 좋겠어요.

이박 일하고 있는 커뮤니티가 점점 채식 친화적으로 변하고 있다면, 새로운 채식주의자 친구들도 생겼겠어요!

도고 맞아요. 점점 주변에 채식하는 친구들이 생기기 시작해요. 저를 보고 채식에 발을 들이는 사람이 생기면 뿌듯해요. 그런 친구들을 도와주려고 책을 선물하고 먹을 수 있는 음식이나 맛있는 식당을 공유해 줘요. 함께 나눌 수 있는 사람이 생기니까 저도 신나고요.

이박 그렇게 채식을 시작하는 친구들, 그리고 채식에 관심이 있는 친구들에게 줄 수 있는 팁이 있을까요?

도고 채식을 처음 시작하는 사람이라면, 함께 이야기할 친구를 만드는 게 큰 도움이 될 거에요. 저도 비건을 시작할 때 알게 된 비건 친구의 도움을 받았거든요. 자주 만날 수는 없었지만, 만날 때마다 채식 간식도 챙겨 주고 독려도 해 줬어요. 좋은 식당에 함께 다니고, 어려움을 토로하는 친구가 있으면 좀 더 비건이 쉽고 재미있어질 거예요.

아직 채식을 시작하지 않은 사람들이라면, 천천히 채식을 시도해도 괜찮다고 말해 주고 싶어요. 비건도 분명히 좋지만, 단번에 육류와 육가공품, 동물성 식품을 다 끊어 내는 건 힘들어요. 천천히 줄여 나가는 것도 도움이 될 거예요. 또, 저 같은 경우에는 채식으로 비건을 시작했지만, 비건은 음식 외의 영역에서도 실천할 수 있어요. 입는 것, 쓰는 것, 바르는 것도 비거니즘 관점으로 바라본다면, 조금 더 쉽게 비건에 발 들일 수 있을 거예요. 당장 내가 쓰는 핸드크림을 바꾸는 것처럼 간단하게요.

이박 말씀해 주신 두 가지는 모두 도고가 비건할 때 몰랐던 것들이네요. 그 두 가지를 몰랐음에도 이렇게 비건을 오래 지속할 수 있었던 방법이 있을까요?

도고 비건으로 생활을 전환하는 일이 내 생활을 제한하는 것이 아니라 확장하는 일이라고 생각하는 것이 중요한 것 같아요. 초기에는 음식이 검열의 대상이었어요. 시작하고 나니 비건을 시작하면서 세상에는 제가 먹을 수 있는 음식보다 못 먹는 음식이 더 많아졌어요. 딱 두 분류로 구분지어서 생각했어요. 고기가 들어간 것과 아닌 것. 비건 필요한 일이라고 시작했는데 이렇게 고단할지 몰랐던 거죠. 이렇게는 안 되겠다 싶어서 즐거움을 하나씩 찾아 나갔어요. 주말마다 채식전문식당을 한 곳씩 찾아 나섰어요. 다양하고 맛있는 채식 요리를 접했죠. 그러면서 요리를 시작했어요. 채식 요리 수업도 들어보고 친구들을 초대해서 음식을 대접했어요. 즐거움을 찾아나가는 과정을 통해 제 세계를 넓혀 가는 것이 제게 큰 힘이 되었어요.

그리고 그 과정에서 하우스 메이트와의 벽돌집 생활도 많은 도움이 되었고요.

이박   (웃음) 하우스 메이트가 논비건인데도 도움이 됐나요?

도고   벽돌집에서 이박과 나눠 온 비건에 관한 이야기나, 생활 습관에 대해 조율해 왔던 게 외부에서 사람들을 만날 때 큰 도움이 되었어요. 커뮤니티 친구들을 만나서 비건에 대한 설득이 필요할 때, 논리나 이론을 바탕으로 이야기하기보다 경험담을 말해 주는 게 더 좋더라고요. 벽돌집에서 논비건 이박과 살면서 마주한 상황이 외부 사람들과 반복되는 경우가 많아요. 이박과 겪었던 문제를 해결했던 이야기는 대화의 아주 좋은 윤활유가 돼요. 그 경험은 비건과 논비건의 배려로 도출된 결과니까요.

이박 어떻게 보면 벽돌집이 바깥의 튜토리얼이었네요! 논비건 하우스 메이트가 비건 생활에 도움이 되었다니 기쁩니다. 비건 라이프에 적응한 지금을 비건 초창기와 비교했을 때 달라진 게 느껴지나요?

도고 아직은 부족하지만, 전보다 채식에 대한 인식이 점점 바뀌어가고 있다는 걸 느끼고 있어요. 전보다 맛있는 비건 음식과 갈 만한 식당도 많이 찾았고요. 채식에 대해 다루는 앱이

나 계정, 뉴스 레터가 늘어나고 주변에 비건 친구들이 생기고 있어요. 채식을 하면서 불편했던 영역이 지금은 점점 줄어들면서 논비건이었을 때의 일상 루틴을 되찾고 있다는 생각이 들어요. 불편함이 아예 없다고 말하지는 못하겠지만, 전보다는 채식하기 좋은 환경이 되었어요. 전보다 즐겁고, 그래서 앞으로가 기대돼요.

이박 　마지막으로, 최근 벽돌집 계약 기간을 2년 늘렸습니다. 함께 사는 논비건 이박에게 앞으로 바라는 점이 있으신가요?

도고 　지금처럼 맛있는 걸 같이 많이 먹으러 다니고 싶어요. 같이 할 수 있는 것들도 많이 해 보고요. 가끔 둘 중 하나가 이해가 안 되는 이야기를 해도 아닌 건 아니라고, 맞는 건 맞다고 얘기할 수 있는 사이가 됩시다. 지금처럼 벽돌집에서 잘 지내면 좋겠어요.

이박 　좋습니다. 저도 앞으로 잘 부탁드립니다. 남은 벽돌집 계약 기간도 함께 즐겁게 살아 봅시다!

인터뷰는 이렇게 종료되었다. 주변 유일 비건이 되어 다른 채식 지향인들이 따라올 길을 닦은 도고. 도고의 노력과 수고를 곁에서 봐 온 입장으로서 앞으로 도고가 바꿔 나갈 커뮤니티의 모습이 기대된다. 더하여, 그 변화가 커뮤니티 밖으로 퍼져 여러 곳에 도고가 비거니즘 영향력을 끼칠 수 있기를 기대한다. 도고가 저 멀리서 길을 트는 사이 이박은 도고가 닦아놓은 길에서 천천히 비건을 시작하며 나처럼 느릿느릿 비건에 발을 들인 사람들과 발걸음을 맞춰 볼 생각이다. 결국 벽돌집 이박과 도고의 방향성은 같아졌다. 그리고 이 길에 발들일 이들을 기꺼이 맞이할 준비가 되어 있다.

비건과 논비건의 식탁

이 책을 쓸지 말지 고민하던 시기에, 시장 조사 차원에서 비건을 다룬 책을 찾아본 적이 있다. 서점의 채식 주제 책장을 채운 책들은 크게 두 종류로 나뉘었다. 비건을 해야만 하는 이유를 담은 책, 혹은 채식 요리책. 두 종류 모두 필자는 비건이었다. 논비건인 내가 도고를 변호함에 있어 모순을 느낀 것과 마찬가지로, 이 책을 준비하면서도 같은 모순을 느꼈다.

'논비건이 비건에 관한 글을 써도 될까?'

그런 고민에도 불구하고 내가 글을 쓸 수 있었던 이유는 이 책이 그저 친구와 함께 살면서 느낀 점을 쓴 에세이이기 때문이다. 다른 에세이와 굳이 다른 점을 꼽자면 함께 사는 하우스 메이트가 비건이라는 거? 덕분에 나는 비건을 하라고 독자들에게 호소하지 않으면서도 비건에 대한 이야기를 하고 있다. 이렇게 써 내려 간 글을 다시 읽으며 나는 굉장히 흐뭇한 사실을 발견했다.

"우리, 생각보다 잘 살고 있네?"

몇 달 전에 이박과 도고는 벽돌집 계약서를 새로 썼다. 계약 내용에서 달라진 건 비싸진 월세뿐이다. 각오는 하고 있었다. 우리가 벽돌집에 사는 동안 집 주변에 영화관과 복합 시설 등 편의 공간이 많이 생겼기 때문이다. 주인집 아주머니는 월세를 5만 원 올리셨고, 우리는 오래 고민했다. 보금자리를 옮겨야 할지, 혹은 계속 벽돌집에 남을지. 벽돌집만큼 층고 높은 쓰리룸 전세는 어디서도 찾기 어려웠다. 결국 우리는 5만 원 더 내고 벽돌집에 남기로 했다. 그렇게 이박과 도고의 동거는 2년 더 이어지게 되었다. 벽돌집 보증금과 등기부로 서로와 발이 묶인 이인삼각의 형태로. 이게 다 우리가 그동안 잘 살아왔기 때문에 가능한 일이다.

같이 살다 보면 전과 다른 모습을 발견하고 싸우는 경우도 있다던데, 함께 살기 전부터 꽤 잘 맞던 이박과 도고는 그때의 모습 그대로 잘 살고 있다. 각자를 둘러싼 상황은 달라졌지만, 우리는 여전히 공통의 관심사를 공유하고 서로의 기쁜 일에 축하를 보내 주는 친구다. 그 덕분에 우리의 닮은 부분은 함께 살면서 더더욱 닮아간다. 이박과 도고의 묶인 발은 이제 한 사람의 발처럼 착착 움직인다.

재미있는 사실은 이박과 도고가 가지고 있던 다른 점역시 조금씩 닮아가고 있다는 거다. 분기별로 인테리어를 바꾸는 도고를 따라 이박도 반년에 한 번 정도는 방분위기를 바꾼다거나, 손을 가만히 두지 못해 뜨개질을 하는 이박을 따라 도고도 새 취미를 만드는 등 우리는 다르다는 이유로 각자의 방 안에 가지고 들어갔던 서로의 차이점을 서서히 공유하고 있다.

비건 역시 마찬가지다. 서로에게 각자의 생활을 강요하지 말자고 다짐했던 우리의 움직임은 차차 같은 방향을 향하기 시작했다.

도고가 비건이 된 게 함께 살기 시작한 지 4개월 차였으니, 도고의 비건도 4년 차에 접어든다. 주변의 도움 없이 홀로 비건을 시작했던 도고는 지금 비건을 시작하고 싶은 친구들에게 든든한 멘토가 되어 주고 있다. 도고가 활동하는 커뮤니티에서는 도고를 중심으로 비건에 대해 공부하는 스터디가 생겼다. 비건 식당 경력도 생겼다. 비록 지금은 운영을 잠시 중단했지만, 도고에게는 채식 요리에 대한 깊고 넓은 지식이 생겼다. 분명한 성장이다.

나도 나름대로의 비건 방법을 찾았다. 옷 비건을 시작으로 쓰고 있는 에센스와 스킨도 용기를 수거해 가는 브랜드로 바꾸고, 크루얼티프리 제품을 늘려 가고 있다. 물론 벽돌집 바깥의 사람들은 눈치채지 못한다. 겉으로 보기에는 바뀐 게 없으니까. 하지만 나는 그 사실에 더 의미를 둔다. 동물을 해치지 않고서도 원래 그대로의 삶을 유지할 수 있다. 남들이 몰라보면 더 뿌듯하다.

이인삼각에서는 묶인 발을 딛는 리듬을 맞추는 것도 중요하지만, 서로에게 묶이지 않은 발을 어떻게 움직이느냐가 두 사람이 나아가는 속도와 거리를 결정한다. 내 키가 크다고 더 멀리 다리를 뻗거나, 더 빨리 움직일 수 있다고 먼저 다리를 내디디면 기껏 맞춰 놓은 묶인 발의 리듬마저 엉망으로 망가진다. 다름을 인정하는 와중에도 함께할 수 있는 주파수를 찾는 것. 그게 바로 함께 삶의 과정이 아닐까 하는 생각이 든다.

이박과 도고의 벽돌집 라이프 역시 마찬가지다. 같은 음식을 먹을 때도 있지만, 다른 음식을 먹는다고 해서 서로를 비난하지 않는다. 각자가 고르는 음식에도 서로를 향한 배려가 담겨 있다. 이박은 동물의 형태가 남아 있는 음식을 벽돌집에 들이지 않는다. 도고는 멀리서 사 온 비건 김치를 이박과 기꺼이 함께 먹는다. 묶여 있는 발만큼이나 우리의 묶이지 않는 발 역시 서로의 리듬에 맞춰 착착 움직이고 있다.

어쩌면 도고에게 우주의 메시지가 전달되었던 것처

럼, 나에게도 우주의 메시지가 전송되고 있는지도 모른다. 학교에서의 공부와 책, 영상 등 다양한 매체가 내게 비거니즘에 대한 메세지를 전송해 왔을 거다. 그동안 그 메시지를 스팸 처리해 왔던 이박의 방문을 두들겨 그 내용을 확인시켜 준 건 바로 도고와 하평을 비롯한 채식주의자 친구들이었다. 고기 러버였던 나는 그렇게 채식과 그 뒤에 놓인 광활한 앎을 마주하게 되었고, 이 글을 쓰고 있다.

이 글은 누군가를 비건으로 만들기 위해, 혹은 환경주의자로 만들기 위해 쓰는 글이 아니다. 다만 나와 같은 사람을 위한 글이다. 채식이 좋다고는 들었지만 정확히 어떤 것인지는 몰랐던 사람. 채식을 해 보고는 싶지만 시작을 망설이는 사람. 자기 주변의 채식주의자를 이해하고 싶은 사람. 채식 인구 천만 시대라는 조사와는 달리 여전히 채식은 비밀스럽고 공개되지 않은 미지의 영역이다. 때문에 채식에 대한 보다 다양한 시선을 보여 주고 싶었다.

비록 비건의 영역에 완전히 발들이지 않았더라도, 나는 비건과 논비건의 경계에서 비건과 발맞추고 있다. 그렇게 힐끗힐끗 훔쳐본 비건의 삶은 그리 특별하지도 어렵지도 않더라. 만약 누군가가 채식이 궁금하다고 한다면, 나는 기꺼이 남은 내 한쪽 발목을 내어 주고 싶다. 이인삼각이 삼인사각으로, 삼인사각이 사인오각으로…. 그렇게 비건과 접한 이들이 늘어나다 보면, 더 이상 비건은 먼 이야기가 아닐 것이다. 이 이야기가 누군가에게 채식을 결심할 단초가 되는 것도 좋지만, 비건도 개인의 선택인 만큼 존중이 필요하다는 걸 알아 주면 좋겠다.

생각보다 채식주의자는 우리 주변 가까이 있다. 그들은 어렵거나 유난스러운 사람이 아니다. 게다가 채식주의는 종류도 많고 다양해서 마음만 먹으면 누구나 채식주의자가 될 수 있다! 마음을 얼마나 활짝 열고 받아들일 수 있느냐에 달려 있다. 그 열린 문 틈새로 쏟아져 들어올 의미와 정보들은 결코 가벼운 것은 아닐지라도, 앎의 기쁨 하나는 충분히 보장할 수 있다.

무엇이 좋다 나쁘다는 없지만, 각자에게 있어 옳은 방향은 있다. 스스로가 옳다고 생각하는 방향을 추구할 권리는 모두에게 있다. 비건이든 논비건이든, 우리는 같은 테이블에 앉아 함께 식사를 할 자유가 있다. 벽돌집 밖에서 채식을 하고 있는 모든 채식주의자들을 위해. 그리고 각자의 방식으로 비건을 지향하고자 하는 논비건들을 위해.

　이박과 도고는 오늘도 함께 식사를 한다.

**어느 날,
하우스 메이트가
비건이 되었다**

어느 날, 하우스 메이트가 비건이 되었다

초판 1쇄 인쇄 | 2022년 5월 10일
초판 1쇄 발행 | 2022년 5월 30일

지은이 이박 | **편집장** 강제능 | **디자인** 이승은 | **일러스트** 김수현
마케팅 안수현 | **펴낸이** 이민섭 | **펴낸곳** 텍스트칼로리
발행처 뭉클스토리 | **출판등록** 2017년 4월 14일 제 2017-000022호
주소 서울특별시 영등포구 선유로27, 1212호 | **전화** 02-2039-6530
이메일 mooncle@mooonclestory.com | **홈페이지** www.mooonclestory.com

텍스트칼로리는 여러분의 소중한 원고를 기다리고 있습니다.

ISBN 979-11-88969-45-6 (03810)

※ 잘못된 책은 구입하신 서점에서 바꾸어 드립니다.